Impressum:
Jahn & Ernst Verlag
Knoopstraße 8
21073Hamburg
ISBN 3-89407-139-7

Umschlagsentwurf von Anne-Meike Scherer

Katharina Mawin

Wenn die Amsel singt ...

Kindheit und Jugendzeit
1932 - 1952

Katharina Mawin

Wenn die Amsel singt ...

Kindheit und Jugendzeit
1932 - 1952

Jahn & Ernst Verlag

Inhaltsverzeichnis

1. Kapitel

9 Ausgerechnet ein Lackaffe

2. Kapitel

19 Hansi kotz' doch mal!

3. Kapitel

31 Fremder Leute Kind

4. Kapitel

51 Dawai, dawai!

5. Kapitel

65 Herzlichen Glückwunsch, Fräulein Irmgard!

6. Kapitel

81 Endlich erwachsen!

Für meine Kinder

1. Kapitel

Ausgerechnet ein Lackaffe

„Die Papiere sind da!" Fröhlich winkend kam meine Freundin Lotti den Flur entlang. „Prima, jetzt haben wir alles beisammen." Freudestrahlend lief ich auf sie zu. Wir lachten, faßten uns an den Händen und tanzten übermütig wie kleine Mädchen im Kreis herum. Ich war so froh, nun stand unserer Abreise nichts mehr im Wege. Schon bald würden wir in England sein, wo zwei Halbtagsjobs auf uns warteten. Endlich konnte ich mein Leben selbst bestimmen, würde im Ausland weit weg von der Familie leben, das war schon lange mein sehnlichster Wunsch. Mitnehmen würde ich einen kleinen Schatz schöner Kindheitserinnerungen, für immer zurücklassen wollte ich jedoch die bitteren Enttäuschungen, alle unguten Gedanken und Gefühle, die bisher mein Leben begleitet hatten.

Es begann 1932 in dem schönen kleinen Waldenau im ehemaligen Pommern. Unser großes Haus stand in der Mitte des Ortes. Wir wohnten in der oberen Etage, unten waren die Geschäftsräume. Meine Eltern bewirtschafteten den Gasthof, zu dem ein großer Saal gehörte. Der Schlachterladen und die Bäckerei waren verpachtet. Das Haus lag etwas erhöht, zur Straße führte eine Treppe hinunter. Auf der Rückseite war der große Garten mit wunderbaren Obstbäumen und schönen Kiefern. Aus den Fenstern unserer Wohnung blickte man hinunter auf eine Straßenkreuzung, die gleichsam den Mittelpunkt des Dorfes bildete. Links und rechts ein Wohnhaus, dann die Schule. Geradeaus fiel der Blick auf einen Hügel mit der schon 1716 erbauten kleinen weißen Kirche mit schwarzem Fachwerk, umgeben von den Gräbern. In der Kirche wurde ich getauft, auf dem Friedhof lag der Großvater begraben.

Das Schönste war ein vom Wald umrandeter See, der sich auf der rechten Seite nur wenige Meter von unserem Haus entfernt ausbreitete. Von links plätscherte ein kleiner Bach dem See entgegen, um ihm ständig frisches Wasser zuzuführen. Bewaldete Hügel rahmten das kleine Dorf ein, eine für Pommern so typische Landschaft.

Zur Familie gehörten außer den Eltern noch die Mutter meines Vaters, und mein zwei Jahre älterer Bruder Christian. Dazu gehörte auch Cora, eine Bernhardinerhündin, die meinem Vater aufs Wort gehorchte und für uns Kinder der liebste Spielkamerad war.
Zu den ersten Erinnerungen meiner Kindheit gehört das Baden im See an heißen Sommertagen. „Das Gras im Garten ist schon wieder viel zu hoch", klagte die Großmutter beim Frühstück und sah den Vater mit diesem besonderen Blick an, dem er sich nicht entziehen konnte. Heute mußte gemäht werden, auch wenn das Wetter noch so schön war, und er eigentlich gar keine Lust zur Gartenarbeit hatte. Für Christian und mich war das immer Grund genug schon mal

das Badezeug zurechtzulegen. Hatte Vater es endlich geschafft, die große Rasenfläche mit der Sense gründlich zu stutzen, was sehr anstrengend und schweißtreibend war, kam fast immer die Aufforderung: „Kommt Kinder, jetzt geht es runter zum See!" Auch Cora ließ sich nicht extra bitten. Zu viert planschten und hüpften wir im Wasser herum, bis Vater zum Abschluß noch eine ordentliche Strecke schwamm und uns demonstrierte, wie gekonnt er sich in den unterschiedlichsten Stilarten im Wasser bewegte.

Der Vater war es auch, der mit uns und Cora oft durch den Wald spazierte. Schon früh lernten wir die vielen Geräusche zu unterscheiden: den Gesang der Amseln, den Ruf des Kukkucks und das Klopfen des Spechtes, wenn er mit dem Schnabel in die alten Baumstämme hämmerte. Häufig vergaß der Vater dabei auf die Zeit zu achten, und wir mußten eilig den Heimweg antreten, um nicht zu spät zum Essen zu kommen. Ich konnte mit meinen kurzen Beinen dann nicht Schritt halten, und Vater trug mich auf dem Arm nach Hause. Ganz eingehüllt in den vertrauten Geruch von Tabak und frischem Rasierwasser fühlte ich mich glücklich und geborgen.

Höhepunkte waren immer die vielen Veranstaltungen, die im großen Saal stattfanden. Meistens Feste von Dorfgemeinden, und Vereinen mit Musik und Tanz und fröhlichem Treiben. Schon die Vorbereitungen waren für mich aufregend und schön. Im Haus wurde hektisch gearbeitet, der Saal mit Papierschlangen und Lampions geschmückt. An den festlich gedeckten Tischen konnte ich mich gar nicht sattsehen. Wenn dann die Gäste eintrafen, beobachtete ich, auf einem Stuhl am Fenster stehend, was dort unten auf der Straße passierte. Aus den Nachbardörfern kamen viele Kutschen vorgefahren. Festlich gekleidete Menschen stiegen aus, begrüßten sich lachend und schwatzend. Ich bewunderte vor allem die eleganten Frauen mit den modisch ondulierten Frisuren. So schön wollte ich später auch gern aussehen. Bis in die frühen Morgenstunden wurde getanzt und gefeiert. Der Saal sah allerdings am nächsten Tag gar nicht mehr so schön aus.

Christian und ich lebten unbeschwert und vergnüglich dahin. Am liebsten tollten wir mit Cora im Garten umher. Dieser große gutmütige Hund mit dem hellen wolligen Fell, das am Kopf und auf dem Rücken ein paar rehbraune Flekken hatte, ertrug unsere ungestümen Liebkosungen mit unglaublicher Geduld. Wurde es Cora schließlich doch zuviel, wenn wir uns auf ihren Rücken setzten, um durch den Garten zu reiten, dann ließ sie uns mit einer geschickten Wendung ins Gras fallen und trottete davon. Meistens dauerte es nicht lange, dann kam sie zurück und spielte wieder mit.

Dann geschah etwas Unerwartetes. Der Vater ging mit Cora ins Forsthaus und kehrte allein zurück. Wir vermißten unseren Spielgefährten, und Christian fragte den Vater: „Wo hat sich Cora denn heute versteckt?" Die Großmutter wechselte einen schnellen Blick mit dem Vater und sagte hastig: „Cora bleibt für einige Zeit beim Förster." Der Vater verließ ohne uns anzusehen das Zimmer. Wir spürten, irgend etwas stimmte nicht. Aber Vater schwieg beharrlich. Erst viel später erfuhren wir, daß Vater den Förster gebeten hatte, den Hund zu erschießen. Er selbst hatte es nicht übers Herz gebracht. Cora war krank geworden und sollte nicht lange leiden. So war das damals auf dem Land. Für Christian und mich endeten die unbekümmerten Tage. Wir ahnten noch nicht, daß sich schon dunkle Wolken über uns zusammenzogen.

Der Mittelpunkt der Familie war für uns die Großmutter. Sie kochte für alle und betreute das Haus. Sie war es, die uns versorgte und beaufsichtigte. Immer dunkel gekleidet, wie es sich damals für ältere verwitwete Frauen schickte, war sie der gute Geist des Hauses. Der Vater war vierunddreißig Jahre alt, als ich geboren wurde. Er war ein etwas verträumter bedächtiger Mensch. Bei ihm gab es keine Hektik und Aufgeregtheit. Er hatte ständig neue Ideen und große Pläne, die allerdings selten verwirklicht wurden. Es bedeutete ihm viel, immer gepflegt und gut gekleidet zu sein. Seine Frau war zehn Jahre jünger als er, klein und lebhaft. Die Erinnerung an meine Mutter beschränkt sich auf ein Bild, das sich mir eingeprägt hat: Eine blonde junge Frau, die leichtfüßig die Treppe herunterkommt, immer appetitlich frisch aussehend, mit schnellen kurzen Schritten über den Flur in die Gaststube geht. Dann ein helles Lachen, mit dem sie Gäste begrüßt oder mit den Handelsreisenden ihre Bestellungen bespricht. Der Gasthof war ihre Welt. Wahrscheinlich war sie lieber Geschäftsfrau als Hausfrau und Mutter. Jedenfalls schien alles gut geregelt und das Leben der Familie problemlos zu verlaufen.

Mein Bruder war sechs und ich vier Jahre alt, als unsere kleine heile Welt zerbrach. Es begann mit lauten Streitereien zwischen den Eltern. Einmal sah ich die Mutter weinend aus der Gaststube laufen. Vater warf knallend die Türen hinter sich zu. Die Großmutter saß mit verzweifeltem Gesicht am Küchentisch und ich hörte sie leise sagen: „Mein Gott, wie soll das bloß noch enden?" Eines Tages war unsere Mutter verschwunden. Selbst wir Kinder spürten die düstere Stimmung im Haus. Dann fuhr Vater für zwei Tage fort und kehrte mit der Mutter wieder zurück. Sie war zu ihrer Tante Betty geflüchtet. Sollte nun doch wieder alles gut werden? Es gab kein Happy-End, der Streit brach von neuem los. Dann ging unsere Mutter endgültig. Die Familie brach auseinander. Im Dorf sprach man von einem Skandal. Eine Mutter, die ihre beiden kleinen Kinder im Stich läßt und dem Mann einfach davonläuft, so etwas hatte es noch nie gegeben. Unsere Großeltern und später auch die Eltern waren als angesehene Leute in Waldenau und den angrenzenden Dörfern bekannt. Jetzt wurde getuschelt und getratscht. Die Situation war bedrückend.

Die verheiratete Schwester meines Vaters kam, um vorübergehend im Gasthof auszuhelfen. Tante Anna war eine lebensfrohe Person, die immer unbefangen drauflos redete: „Du hättest diesem Vandersee rechtzeitig das Haus verbieten müssen. Männer wie der verstehen sich darauf einer Frau den Kopf zu verdrehen." Wir saßen alle zusammen am Küchentisch beim Frühstück. Tante Anna sah ihren jüngeren Bruder mitfühlend an. „Aber du bist einfach zu vertrauensvoll und gutmütig." Vater wurde ärgerlich; „Anna, hör'auf mit deinen klugen Sprüchen. Ich habe getan, was ich tun konnte. Damit laß es nun genug sein." Diese Gespräche fanden jetzt auch in Anwesenheit der Kinder statt. „Sag mal Omi, wer ist denn dieser Herr Vandersee, von dem Tante Anna dauernd redet?" fragte ich die Großmutter, als ich allein mit ihr in der Küche war. „Ach, so ein geschniegelter Lackaffe aus Berlin, der doch immer zu uns kam, um Schnaps und Tabakwaren zu verkaufen." Großmutters Stimme war voller Verachtung. Ich wußte zwar nicht so recht, was ein Lackaffe ist, aber so wie die Großmutter das sagte, konnte es nichts Gutes sein. Warum aber hatte die Mutter uns ausgerechnet wegen eines Lackaffen im Stich gelassen?

Die Eltern wurden geschieden. Dann gab es einen Termin, zu dem wir Kinder auch im Gericht anwesend sein mußten. Es sollte über unseren weiteren Verbleib entschieden werden. Der Richter meinte sich die Entscheidung leicht machen zu können: Das Mädchen kommt zur Mutter, der Sohn verbleibt beim Vater. Ich begriff überhaupt nicht, worum es eigentlich ging. Anders mein Bruder, der für seine sechs Jahre ein aufgeweckter Junge war. Er verstand sofort, daß wir getrennt werden sollten. Ganz außer sich sprang er auf, legte die Arme um mich und rief verzweifelt: „Das ist meine Kathi!" Es muß wohl eine bewegende Szene gewesen sein, die auch den Richter nachdenklich machte. Letztendlich wurde entschieden, beide Kinder bleiben beim Vater.
Christian hatte also unser beider Lebensweg bestimmt. Wir blieben zusammen und sollten gemeinsam noch schlimme Zeiten erleben. Der Kontakt zu unserer Mutter und ihrer Familie wurde gänzlich abgebrochen. Sie hatte den guten Ruf der Familie zerstört. Wir haben auch nicht mehr über sie gesprochen.

Nach der Scheidung häuften sich die Probleme. Vater konnte den Gasthof allein nicht bewirtschaften. Aushilfskräfte erwiesen sich oft als unzuverlässig und manchmal auch als unehrlich. Es ging wirtschaftlich schnell bergab. Schlimme Folgen hatten die Ereignisse für unsere Großmutter. Die einst so tatkräftige Frau begann zu kränkeln. Zusätzlich plagte sie ein hartnäckiger Husten, der schließlich zu einem Asthmaleiden führte. Die Situation wurde unhaltbar.

Dann kam wieder Tante Anna angereist, und es wurden schwerwiegende Entscheidungen getroffen, die wir Kinder zunächst nicht durchschauten. Großmutter, Christian und ich fuhren mit Tante Anna nach Buchholz, wo sie mit ihrem Mann

Karl, einem Dorfschullehrer lebte. Ihre beiden Kinder waren schon erwachsen und wohnten in der Stadt. Was uns als aufregende Reise erschien, war ein endgültiger Abschied von Waldenau. Wir sollten nicht mehr dorthin zurückkehren.

Nun lebten wir also bei Tante Anna und Onkel Karl in Buchholz in einem schönen gepflegten Schulhaus, in dem sich auch eine geräumige Wohnung für den Lehrer und seine Familie befand. Vor dem Haus lag der Schulhof und auf der Rückseite des Gebäudes befand sich ein Garten. Der war längst nicht so groß wie unser Garten in Waldenau, aber es gab auch Obstbäume und ganz besonders gute Äpfel. Auch hier gehörte zur Familie ein Hund, ein weiß-braun gefleckter Terrier, der hieß Purzel. Ich fand, so klein und zappelig, ist das gar kein richtiger Hund. Wenn ich da an unsere Cora dachte! Aber wir spielten gern mit ihm. Er holte unermüdlich Stöckchen, die wir für ihn warfen. Er legte den Kopf ganz poussierlich schief und wedelte mit dem kurzen Schwanz, wenn wir mit ihm spielen sollten. Dann konnten wir ihm nicht widerstehen.

Wir fühlten uns bei Tante Anna ganz wohl, auch wenn sie uns strenger beaufsichtigte, als wir es bisher gewohnt waren. Abends wurden wir grundsätzlich in der Badewanne abgeschrubbt. Zuerst die beiden Kinder, dann der Hund. Das war jeden Abend eine tolle Planscherei, die uns Kinder außerordentlich vergnügte. Tante Anna dagegen war jedesmal total erschöpft, ließ sich aber nicht davon abbringen. Onkel Karl war ein Spaßvogel, der uns gern zum Narren hielt. Er schaute einen dann mit seinen lustigen braunen Augen verschmitzt lächelnd an, so daß man nie wußte, ob man ihm glauben durfte oder nicht. Einmal hat solch ein Scherz für mich allerdings lang anhaltende Folgen gehabt. Wir saßen beim Mittagessen. Für uns Kinder gab es Spinat. „Weißt du eigentlich was das Grüne auf deinem Teller ist?" fragte mich der Onkel. „Na klar, das ist Spinat", sagte ich und schob einen tüchtigen Löffel voll in den Mund. „Ach was, das sind die Kuhfladen von der Weide." klärte Onkel Karl mich auf. Ich hörte noch Tante Annas: „Also Karl, bitte!" Aber da war es schon zu spät. Ich schaffte es gerade noch rauszukommen um alles wieder auszuspucken. Erst viele Jahre später konnte ich wieder Spinat essen.

Christian war im Frühjahr noch in Waldenau eingeschult worden. Nun ging er bei Onkel Karl in die Dorfschule. Es waren Kinder verschiedenen Alters in einem Klassenzimmer. Sie waren in Gruppen aufgeteilt und bekamen unterschiedliche Aufgaben gestellt. Christian lernte schon längst bei den Größeren mit. Lernen machte ihm Spaß. Ich spielte während der Unterrichtszeit mit Purzel im Garten. Es war ein schöner warmer Tag und die Fenster der Wohnräume zum Garten waren weit geöffnet. Mir wurde es allmählich zu heiß und ich setzte mich mit Purzel in den Schatten auf eine Gartenbank, die direkt unter dem Küchenfenster stand. Tante Anna und die Großmutter bereiteten wohl das Mittagessen vor und unterhielten sich dabei. „Eigentlich tut sie mir ja leid. Der Vandersee hat sie jedenfalls nicht geheiratet, und in ihrem Elternhaus ist man auch nicht gut auf sie zu sprechen. Sie kann nur froh sein, daß sie die Stelle bei der Sparkasse in der Stadt bekommen hat." Das war Tante Annas Stimme, und sie sprach bestimmt von meiner Mutter. „Also leid tun muß sie uns wirklich nicht," sagte jetzt die Großmutter ziemlich ungehalten. „Sie ist schließlich schuld daran, daß wir in Waldenau alles aufgeben müssen. Und überhaupt möchte ich davon nichts mehr hören, Anna." Dann klappte eine Tür, wahrscheinlich hatte die Großmutter verärgert die Küche verlassen. Ich drückte Purzel ganz fest an mich. Wir müssen in Waldenau alles aufgeben. Das klang so bedrohlich und machte mir angst.

Wir lebten einige Monate bei unseren Verwandten in Buchholz. Im Spätherbst kam Vater, um die Großmutter und uns abzuholen. Er fuhr mit uns nach Kronenberg, einer pommerschen Kleinstadt, die ungefähr 120 km von Waldenau entfernt lag. 1938 begann nun ein neuer Abschnitt meines Lebens.

2. Kapitel

Hansi kotz' doch mal!

Es war schon gegen Abend, als wir vor unserem neuen Heim ankamen. Wir standen vor einem Eckhaus in der Hauptgeschäftsstraße, die durch den ganzen Ort führte. Das Haus hatte zwei Eingänge, zu denen man einige Treppenstufen hinauf gehen mußte. Die erste Eingangstür führte in eine Gaststätte, durch die andere gelangte man ins Wohnhaus. Es war ein altes, schon etwas schäbiges Haus, in dessen Hausflur wir nun eintraten. Links und rechts führten Türen zu den Wohnungen. Wir durchquerten den Flur und gelangten durch eine andere Tür in den Hof, der zu beiden Seiten U-förmig von dem Gebäude eingeschlossen wurde. Rechts und links gab es wieder Türen. Ich erinnere mich noch gut, daß mich die vielen Türen verwirrten, zumal wir nun durch eine Doppeltür gingen, die in einen kleinen Vorraum führte. Von hier aus gelangte man durch die eine Tür in die Gaststube, die andere führte in einen Wohnraum, der jetzt bei unserer Ankunft freundlich erleuchtet und gemütlich warm war. Es mußte also schon jemand da sein, der auf uns wartete. Die Überraschung für uns war Margarete, Vaters neue Frau.

Für mich war das alles ein bißchen zuviel auf einmal. Der Umzug in eine richtige Stadt, dieses fremde Haus mit den vielen Türen und dann noch eine neue Mutter. Selbst Tante Anna hatte nichts davon gesagt. Sicherlich wollte sie uns nicht beunruhigen. Als ich dann abends spät endlich in meinem Bett lag, dachte ich schließlich, daß nun doch alles wieder gut werden müßte. Wir drei, die Großmutter, Christian und ich waren wieder mit dem Vater zusammen. Wenn es nun sogar Vater und Mutter für uns gab, waren wir doch wieder eine richtige Familie. Und hier in dieser fremden Stadt wußte ja niemand, daß Margarete nicht unsere richtige Mutter war. Nach allem was passiert war, erschien es mir so wichtig nach außen wieder eine ganz normale Familie zu sein.

Entgegen seiner eigentlichen Wesensart hatte unser Vater schnell gehandelt. Er hatte einen Käufer für das Haus gesucht und gefunden. Leider mußte er unter Zeitdruck mit Verlust verkaufen. Gleichzeitig hatte er sich in den Nachbardörfern nach einer passenden Frau umgesehen oder auch umgehört. Diese zweite Ehe, in großer Eile vollzogen, war ganz von der Vernunft bestimmt, die familiäre Situation wieder zu ordnen. Der Vertrauensbruch unserer Mutter hatte Vater zutiefst gekränkt und enttäuscht, wahrscheinlich seine Meinung über die Frauen allgemein sehr negativ beeinflußt. Margarete war als einzige von fünf Töchtern noch unverheiratet und lebte bei ihrem Vater. Sie war, wie man das früher nannte, „ein spätes Mädchen" und schon darauf angewiesen, auf eine solche Gelegenheit wie diese zu warten. Sie hatte die Mitte dreißig überschritten und war bestimmt kein unbeschriebenes Blatt mehr. Um den finanziellen Verlust, den Vater in Waldenau erlitten hatte, möglichst schnell auszugleichen, hatten beide nach einem günstigen Standort für die Familie gesucht. Kronenberg war eine Kreisstadt, hatte zwei Kasernen, gute Schulen und eine wunderbare landschaftliche Umgebung. Vater arbeitete jetzt als Zivilangestellter bei der Wehrmacht. Außerdem übernahmen die Eheleute die Gaststätte in dem gerade bezogenen Haus. Finanziell ging es sehr schnell wieder bergauf.

Wenn ich so zurückdenke, erfüllten sich meine Hoffnungen und Wünsche zunächst tatsächlich. Margarete bemühte sich durchaus uns die Mutter zu ersetzen, und wir kamen ihr mit kindlichem Zutrauen entgegen. Sie war entschieden größer als unsere Mutter und verstand es, sich vorteilhaft zu kleiden. Obwohl sie nicht auffallend gut aussah, wirkte sie doch recht elegant und damenhaft. So war es auch nicht verwunderlich, daß Christian und ich stets gut gekleidet zur Schule gingen.

Besonders herausgeputzt wurden wir noch bei den sonntäglichen Spaziergängen. Eine schöne Erinnerung ist für mich das erste Weihnachtsfest, das wir dann bald in Kronenberg erlebten. Wir warteten mit der Großmutter im schummrigen Kinderzimmer, bis ein Glockenzeichen erklang. Dann ging die Tür zur Wohnstube auf, und wir sahen einen großen von vielen Kerzen erleuchteten Tannenbaum, der bis zur Decke reichte. Das ganze Zimmer erstrahlte in diesem Lichterglanz und ließ die herrlichen Geschenke, die für uns unter dem Baum lagen, noch schöner erscheinen. Für mich stand da ein großes weißes Puppenbett mit hübschen Kissen und dazu eine große „Schildkröt"-Puppe im roten Strickkleid und passendem Hütchen. Christian bekam eine Burg mit vielen Rittern, Pferden und anderen Figuren. Für jeden gab es einen großen Weihnachtsteller mit all dem schönen Naschwerk, das Kinderherzen so sehr erfreuen kann. Ich habe bis heute nicht vergessen, wie selig ich an diesem Weihnachtsabend mit meiner neuen Puppe im Arm eingeschlafen bin.

Zu Ostern 1939 wurde ich eingeschult. Schon Wochen vorher nahm sich die Großmutter meiner an, um mich auf diesen neuen Lebensabschnitt vorzubereiten. Schuhe zubinden, die Uhr lesen, das ABC lernen, Zahlen bis 20 aufsagen und schließlich noch den Namen schreiben. Das alles wurde verbissen geübt. Christian beobachtete meine Bemühungen und sagte abwinkend zur Großmutter: „Mit der brauchst du nicht weiter zu üben. Die nehmen sie in der Schule gar nicht auf." Mein Selbstbewußtsein, ohnehin nicht sehr ausgeprägt, löste sich völlig auf. Also, genommen haben sie mich dann doch. Allerdings wurde mein erster Schultag ein sehr zwiespältiges Erlebnis. Margarete erklärte mir am Abend vorher, daß wahrscheinlich nicht alle Kinder eine Schultüte haben würden, weil die Eltern dafür nicht genug Geld übrig hätten. „Du bekommst deshalb deine Tüte erst nach der Schule zu Hause. Das verstehst du doch schon." Ich fand das auch ganz richtig, glaubte aber, alle würden es so machen. Zu meiner größten Enttäuschung sah ich dann aber nur Kinder um mich herum, die stolz ihre hübschen bunten Schultüten im Arm hielten, nur ich hatte keine. Mir war sehr merkwürdig zumute. Ich bekam zu Hause meine Tüte überreicht, konnte mich aber nicht so recht daran erfreuen.

Christian und ich lebten uns gut ein in dieser kleinen Stadt. Es gab nun keinen Garten mehr für uns, aber einen tollen Abenteuer-Spielplatz, wie man ihn schöner gar nicht bauen kann. Das hatte mit Uli zu tun. Er wurde unser erster gemeinsamer Freund. Eigentlich hieß er ja Ulrich, ein schüchterner

Junge, der ein Jahr älter war als ich. Wir drei wurden zumindest für ein paar Jahre unzertrennlich. Ulis Onkel besaß das größte Fuhrunternehmen in der Stadt. Der Betrieb hatte sich inzwischen auf Automobile umgestellt und die alten Kasten- und Leiterwagen waren ausrangiert und auf einem unbebauten Grundstück unweit unseres Hauses abgestellt worden. Diese alten Pferdewagen waren unser liebster Spielplatz. Der kindlichen Phantasie waren keine Grenzen gesetzt. Mal saßen wir in einer Höhle oder in einem großen Boot. Manchmal war so ein Wagen auch unser Haus. Es gab so viele Möglichkeiten.

Uli hatte sehr früh seinen Vater durch einen tödlichen Unfall verloren. Die Mutter war schon etwas älter, denn Uli war ein richtiger Nachkömmling. Seine beiden Schwestern besuchten bereits die oberen Klassen des Lyzeums und kamen uns schon sehr erwachsen vor. Beide spielten ernsthaft Klavier und Geige. Oft wurde zu Hause zusammen mit anderen geprobt. Dann durften wir nicht stören und mußten uns im Nebenzimmer ganz ruhig verhalten. So saßen Uli und ich mal wieder in der Falle. Wir konnten erst raus, wenn die nebenan eine Pause machten. Es wurde allmählich langweilig nur leise zu sein und zuzuhören. Da meinte Uli ganz unvermittelt: „Soll ich dir mal einen Kuß geben?" Ich war völlig überrascht und sagte: „Nö, wozu denn?" Darauf Uli: „Nur so, muß doch sehr schön sein." Ohne zu zögern nahm er meine Hand und zog mich in die Ecke hinter das Sofa. Obwohl außer uns niemand im Zimmer war, erschien ihm das wohl sicherer. Ich sah seine gespitzten Lippen auf mich zukommen und kniff schnell die Augen zu. Ich merkte nur etwas feucht und kühl auf meinem Mund und fing an zu kichern. Besonders schön fand ich es wirklich nicht, sondern ziemlich blöd und albern. Wir haben es auch nie mehr wiederholt.

Dann kamen die Sommerferien. In Kronenberg gab es zwei sehr schön gelegene Seen. Während der kleinere Schloßsee zum Baden nicht geeignet war, er hatte gefährliche Strömungen, gab es am Stadtsee eine große Badeanstalt. Fast täglich pilgerten wir drei mit einer Tasche voll Badezeug und Proviant und etwas Geld im Portemonnaie für Eis und Brause durch den Buchwald an den Badestrand. Nur richtig schlechtes Wetter konnte uns davon abhalten. Ich war eine richtige Wasserratte. Sehr schnell lernte ich schwimmen. Da war ich den beiden Jungen endlich mal überlegen. Sie liebten das Wasser nicht so sehr.

Eines Tages saß ich auf den Treppenstufen vor dem Haus und wartete darauf, daß irgend etwas Aufregendes passieren sollte. Nach kurzer Zeit kam ein älteres Mädchen aus der Nachbarschaft, das ich noch gar nicht gut kannte, und setzte sich zu mir. Ich hatte gleich das Gefühl, sie war in bestimmter Absicht zu mir gekommen. „Sag mal, stimmt es wirklich, daß ihr eine Stiefmutter habt, und daß eure Eltern geschieden sind?" fragte sie mit einem Unterton der andeutete: du kannst es ruhig zugeben, ich weiß es ja doch schon. Ich geriet in Panik. Wieso konnte sie das wissen, wer hatte ihr das erzählt? Sollte jetzt wieder alles von vorn anfangen? Ich sprang auf und zischte sie an: „Meine Mutter ist tot", und rannte ins Haus. Ich hatte gelogen, das fand ich schlimm. Aber ich wollte nicht, daß wieder über unsere leichtfertige Mutter, die nichts taugte und uns im Stich gelassen hatte, geredet wurde. Es war ein Makel, den wir nicht mehr los wurden. Es war damals für mich fast eine Bedrohung. Ich habe um dieses Mädchen lange einen großen Bogen gemacht. Gelogen habe ich aber immer wieder, wenn ich nach meiner Mutter gefragt wurde. Und eigentlich wußten wir ja auch gar nicht, ob sie noch lebte oder nicht. Damit beruhigte ich dann mein Gewissen.

Die Großmutter verließ wegen ihrer angegriffenen Gesundheit kaum noch das Haus. Sie konnte sich nicht an die neue Umgebung gewöhnen. Dieses alte verschachtelte Gebäude war ihr zutiefst verhaßt, und sie vermißte so sehr ihren schönen Garten. An Regentagen saß ich oft bei ihr im Zimmer. Sie trug ständig eine Tüte Hustenbonbon bei sich. So roch nicht nur ihre Kleidung, sondern bald schon das ganze Zimmer nach Eukalyptus und Menthol. Es tat ihr gut, mit mir über Waldenau zu sprechen. Immer wieder erzählte sie mir, wie ich, im Kinderwagen liegend, im Garten abgestellt wurde und Cora mich bewachte. Ich kannte die meisten Geschichten längst, hörte ihr aber doch gerne zu. Abschließend sagte sie immer mit einem tiefen Seufzer: „Und nun müssen wir in diesem schrecklichen Haus leben."

Am 1. September 1939 begann der Krieg. Mein Vater war schon im ersten Weltkrieg Soldat gewesen und wurde sofort eingezogen. Ich erinnere mich an alle Einzelheiten seiner Verabschiedung. An diesem Morgen waren Christian und ich im Zimmer der Großmutter. Unbewußt suchten wir ihre Nähe. So standen wir drei dicht beieinander, als Vater hereinkam, um uns Auf Wiedersehen zu sagen. Die Großmutter weinte still vor sich hin. Als Vater sie umarmte, sagte sie ganz eindringlich: „Junge, du mußt heil und gesund zurückkommen. Was soll sonst bloß aus den Kindern werden?" Ich konnte diese Worte gar nicht wieder vergessen. Da war ja noch Margarete. Konnte es sein, daß die Großmutter kein Vertrauen zu ihrer Schwiegertochter hatte? In meiner Erinnerung ist der Beginn des zweiten Weltkrieges unauslöschbar mit dem Bild der weinenden Großmutter verbunden.

Zunächst gab es nur eine Veränderung bei uns. Die Gaststätte wurde geschlossen. Es kam ein Schild an die Tür, das jetzt auch an anderen Ladentüren zu lesen war: "Wegen Einberufung geschlossen". Anders als der Landgasthof in Waldenau war diese Gaststätte in Kronenberg für uns Kinder ohne jede Bedeutung. Sie war immer nur werktags in den Abendstunden geöffnet, wenn Vaters Büroarbeit in der Kaserne beendet war. In den wenigen Stunden gab es aber viel zu tun. Saß Vater dann bei seiner wöchentlichen Abrechnung, hörte ich ihn häufig gut gelaunt zu Margarete sagen: „Die Überstunden haben sich mal wieder gelohnt." Damit war es nun endgültig vorbei. Für die beiden Räume gab es zunächst keine Verwendung mehr. Im vorderen Raum am Eingang war der Ausschank mit dem Tresen. Dahinter lag die Gaststube, die recht gemütlich war, und in der das Klavier stand. Diesen Raum konnten wir in unseren Wohnbereich mit einbeziehen. Uli und ich spielten nun mit großem Eifer Klavier. Schon bald beherrschte ich den Flohwalzer und ein paar Kinderlieder auswendig. Zu mehr reichte mein Talent aber nicht.

Der Krieg gegen Polen dauerte nur vier Wochen. Als die „siegreichen Truppen" heimkehrten, war die ganze Stadt auf den Beinen. Frauen, junge Mädchen und wir Kinder standen entlang der Straße aufgereiht mit Unmengen von Blumen im Arm, die wir den vorbeiziehenden Soldaten zuwarfen. Es war eine wunderbare fröhliche Stimmung, alle lachten und sahen sehr glücklich aus. Meine Blumen landeten fast alle daneben, aber den Soldaten kam es auch mehr darauf an, die Sträuße der jungen Mädchen aufzufangen und ihnen zuzuwinken. Solch einen Krümel wie mich mußte man dabei ja übersehen. Aber um die schönen Blumen tat es mir nachher doch ein bißchen leid. Vielleicht hätte ich sie lieber behalten sollen. Auch der Vater kehrte heim, gesund und heil, wie die Großmutter es sich so sehr gewünscht hatte. Er blieb nun aber Soldat, zunächst als Feldwebel in einer Versorgungskompanie. Bald wurde er Zahlmeister und ließ sich stolz in seiner Offiziersuniform fotografieren. Margarete zögerte nicht, an diesem Aufstieg teilzunehmen. Sie kleidete sich noch sorgfältiger und verwandte ab sofort viel Energie darauf, auch uns die feinere Lebensart beizubringen.

Das alte Haus in dem wir wohnten, war ein sonderbares Gebäude. Links des Hausflures lag unsere Wohnung. Auf der rechten Seite wohnte Frau Wilke mit ihrem Sohn Hans. Die eigentliche Eingangstür zu unserer Wohnung blieb bis auf wenige Ausnahmen fest verschlossen, da dieser Raum das Elternschlafzimmer war. Wir benutzten als Haupteingang die Tür, die vom Hof in die Wohnung führte. Frau Wilke hatte das Vorderzimmer immer an zwei Studenten der staatlichen Bauschule vermietet, die nach Abschluß des Semesters auch mal wechselten. Es war immer spannend, ob die Neuen uns wohl gefielen oder nicht. Frau Wilke überließ den Eingang also ihren Studenten und benutzte selbst den Hofeingang, der direkt in ihre Küche führte. So wurde unser Hof in den kommenden Jahren ein Treffpunkt verschiedenster Menschen unterschiedlichster Herkunft, die einen tiefen Eindruck bei mir hinterließen.

Aber zunächst muß ich von Hans erzählen. Frau Wilke hatte nach kurzer Ehe ihren Mann verloren und lebte allein mit ihrem Sohn. Er war ein viel zu dünner, lang aufgeschossener Junge, der immer sehr blaß und kränklich aussah. Hans war ein komischer Kauz, etwas älter als wir. An unserer Art zu spielen beteiligte er sich nie. Aber er ließ sich doch regelmäßig im Hof sehen, wenn wir uns dort aufhielten. Er imponierte uns ständig mit recht verrückten Fertigkeiten, die wir nicht beherrschten. Den absoluten Hit erlebten wir, als er eines Tages verkündete: „Wetten, daß ich mich jederzeit übergeben kann, wenn ich das will?" Das hielten wir nicht für möglich. Hans steckte einen seiner langen Finger in den Mund und fing an zu spucken, daß wir vor Staunen gar nichts mehr sagen konnten. Wir waren so beeindruckt, daß wir, sobald auch andere Kinder im Hof dabei waren, Hans mit seinen unglaublichen Fähigkeiten vorstellen wollten. „Hansi kotz doch mal!" forderten wir ihn dann auf. Er stand gern so im Mittelpunkt und ließ sich nicht lange bitten. Gemeinsam genossen wir dann das Staunen der anderen. Das fand aber irgendwann doch ein Ende, als seine Mutter dahinter kam. Wenn sie ein Machtwort sprach, dann verzichtete Hans sogar auf unseren Beifall.

Zu Beginn des Winters verschlechterte sich der Gesundheitszustand der Großmutter zusehends. Sie blieb häufig den ganzen Tag im Bett und hustete ganz schrecklich. Ende Januar mußte sie ins Krankenhaus. Wir haben sie dort noch ein paar mal besucht. Nur kurze Zeit später, im Februar 1940, ist sie gestorben. Ich war sehr traurig und versuchte mich damit zu trösten, daß sie sich nun nicht mehr so mit dem Husten quälen müßte. Aber wenn ich in ihr Zimmer ging, das immer noch so durchdringend nach Menthol roch, dachte ich, unsere Großmutter würde bestimmt wieder nach Hause kommen. Erst später, als wir häufig auf den Friedhof kamen und einen Blumenstrauß auf die Grabplatte stellten, wußte ich, sie würde nie mehr zurückkehren.

Der Krieg ging weiter. Schon im Frühjahr verließ Vater uns wieder um für „Volk und Vaterland" zu kämpfen. Eines Tages kam eine Postkarte aus Paris. Ich bestaunte das Foto mit dem Triumphbogen und war voller Bewunderung. Mein Vater ist in Paris! Ich war richtig stolz bei dem Gedanken.

Das Wort Krieg hatte für mich noch nichts bedrohliches. Es wurde ja auch nur von den Siegen der tapferen deutschen Soldaten gesprochen und berichtet. Ständig gab es neue Sondermeldungen. In den folgenden Jahren haben wir unseren Vater nur als Urlauber erlebt. Ankommen und verabschieden gehörte ganz selbstverständlich zu unserem Leben, wie bei vielen anderen Familien auch.

3. Kapitel

Fremder Leute Kind

Wir waren jetzt allein mit Margarete, die ihr Leben nun nach eigenen Vorstellungen gestaltete. Sie pflegte den Umgang mit anderen Offiziersfrauen und entwickelte unübersehbar einen „Hang zum Höheren". Ich glaube, irgendwie wurden wir dabei als störend empfunden. Anders läßt sich ihre ständige Kritik an unserem Benehmen und Auftreten nicht erklären. Sicherlich gab es einen gewissen Nachholbedarf, waren wir doch bis dahin recht frei und zwanglos aufgewachsen. Aber nun galt es, alles ganz richtig und nach gesellschaftlichen Regeln zu machen. Für Margarete bedeutete die Einladung der Gattin eines Offiziers gehobenen Ranges immer eine große Ehre. Manchmal durften wir mitkommen. Auf dem Heimweg mußten wir dann stets heftige Vorwürfe über uns ergehen lassen. Nein, man konnte mit uns nirgendwo hingehen, man müßte sich ja geradezu schämen. So hatten wir doch von den kleinen Weißbrotschnittchen mit dem köstlichen Erdbeergelee nicht mal einen Anstandshappen übrig gelassen. Und wie ungehörig, die Erwachsenen im Gespräch zu stören. Alles war wieder mal so schrecklich peinlich. Im Gegensatz zu mir war Christian mit einem gesunden Selbstbewußtsein ausgestattet. Ihn ließ das ganze Theater kalt. Ich dagegen war verzweifelt, wieder hatte ich etwas falsch gemacht. Es war so leicht mich kleinzukriegen. Später kam eine neue Strategie dazu. Wir waren wie alle Kinder gelegentlich auch mal ungezogen, ein bißchen frech oder nervend. Dafür gab es einen Satz, den Margarete recht dramatisch vortragen konnte: „Das ist nun der Dank dafür, daß man fremder Leute Kinder großzieht!" Wir mußten uns entschuldigen und Besserung versprechen. Es war fast schon ein Ritual.

Ich bin ganz sicher, wir haben niemals eine Ohrfeige von Margarete bekommen. Das war nicht ihr Stil. Ihre Art zu strafen hinterließ unsichtbare Spuren. Mit mir hatte sie ein leichtes Spiel. Ich war biegsam, mich konnte sie manipulieren. Bei Christian war das nicht so einfach. Vielleicht durchschaute er Margarete und sie merkte es. Um deutlich zu machen, wie sehr auch er auf ihr Wohlwollen angewiesen war, nutzte sie die besonderen Gelegenheiten unbarmherzig aus. Die schlimmste Szene dieser Art habe ich miterlebt, als Christian die Anmeldung für das Gymnasium in der Schule vorlegen mußte. Ich saß am Tisch und kaute mal wieder endlos an meinem halben Frühstücksbrötchen rum. Ich brauchte erst später zur Schule. Christian war schon startbereit und sagte zu Margarete, daß er heute unbedingt die Anmeldung abgeben müßte, sonst wäre es zu spät. Margarete stand mit dem Rücken an den großen Kachelofen gelehnt, Christian stand vor ihr. Sie sah ihn lächelnd an und sagte kalt: „Ich kann die Anmeldung nicht unterschreiben. Dein Vater will gar nicht, daß du aufs Gymnasium kommst." Mir blieb fast das Herz stehen. Das war eine ganz gemeine Lüge. Unser Vater war stolz auf seinen Sohn, der so gute Zeugnisse nach Hause brachte und so leicht und gerne lernte. Margarete wußte genau, wie sie Christian am besten treffen konnte. Er mußte sich aufs Bitten verlegen und fing schließlich an zu weinen. Und immer wieder: „Bitte unterschreib' doch die Anmeldung!" Sie stand da, mit diesem entsetzlichen Lächeln auf dem Gesicht und genoß den Anblick des verzweifelten Jungen. Wie ich dieses Lächeln haßte! Wir kannten es schon viel zu gut. Irgendwie wollte ich Christian helfen und drängte auf ein Ende. „Er muß doch los, sonst kommt er zu spät!" rief ich dazwischen. Das war natürlich ganz falsch, erhöhte nur noch ihren Triumph. Schließlich holte sie die Anmeldung, schon fertig unterschrieben, aus der Schublade und reichte sie ohne ein Wort meinem Bruder, der losrannte, um noch rechtzeitig zur Schule zu kommen.

Glücklicherweise ließ uns das Spiel mit den anderen Kindern solch schlimme Erfahrungen wieder vergessen. Im Sommer sammelten wir die Maikäfer ein, die morgens ganz klamm und starr unter den Straßenbäumen lagen. Sie kamen in Zigarrenkisten und wurden getauscht: zwei Müller gegen einen König. Es wurden Wettrennen veranstaltet, wobei man allerdings sehr aufpassen mußte, daß der Käfer nicht anfing zu pumpen. Dann flog er davon und man war ihn los. Gegen Abend spielten wir gern Verstecken und später kam Völkerball dazu. Zwischen unserem Haus und dem nächsten, einem Hotel, lag eine kleine unbedeutende Sackgasse. Dort konnten wir ungestört spielen. Im Winter, der in Pommern meistens sehr kalt und schneereich war, zogen wir mit dem Schlitten auf die bewaldeten Hügel am Stadtrand, wo es herrliche Rodelbahnen gab. Vom Krieg hatten wir bisher noch kaum etwas bemerkt. Aber das sollte sich bald ändern.

In unserem Hof wurde es interessant. Frau Wilke, die für sich und ihren Sohn Hans allein sorgen mußte, führte nun eine Art „Mittagstisch". Aus den von deutschen Soldaten besetzten Ländern kamen sogenannte „Fremdarbeiter", die zwangsweise nach Deutschland deportiert wurden. Auch in Kronenberg gab es nicht wenige davon. Frau Wilke bekam die Erlaubnis, einige dieser Leute zu beköstigen. Im Laufe der Zeit tat diese kleine unscheinbare Frau, deren Hände und Füße durch schwere Gichtanfälle verkrümmt waren, noch vieles mehr für ihre Schützlinge. Obwohl es ihr auch finanziell nicht besonders gut ging, hatte sie immer Erbarmen mit denen, die Not litten. So kamen manchmal spät abends Kriegsgefangene, die eine Holzschnitzerei oder anderes zum Verkauf anboten. Frau Wilke holte diese Männer immer auf einen Teller Suppe zu sich in die Küche, was natürlich streng verboten war. Ihre täglichen Mittagsgäste konnten das Essen allerdings bezahlen. Bei gutem Wetter kamen sie nach der Mahlzeit noch für eine Weile in den Hof, um ein bißchen Luft zu schnappen oder in der Sonne zu sitzen. Da war Franziska, eine junge Polin. Sie war immer entsetzlich stark geschminkt, was für uns ganz fremd und unmoralisch war. Wenn die Sonne richtig warm schien, stieg sie durch die Dachluke auf das Flachdach um sich, wie die Jungen zu berichten wußten, halbnackt zu sonnen. Manche Gäste sprachen kaum ein Wort deutsch, zu denen hatten wir keinen Kontakt. Aber ich habe oft beobachtet, daß gerade diese sich jeden Tag, bevor sie wieder an ihren Arbeitsplatz gingen, bei Frau Wilke für das Essen bedankten. Der eine sogar stets mit einem Handkuß.

Eines Tages kamen dann zwei gutaussehende Franzosen, die beide in der Maschinenfabrik arbeiteten, die nicht weit von unserem Haus entfernt lag. Der eine hieß Delmas, er war Ingenieur. Das war ein Franzose, wie man ihn sich immer vorgestellt hatte, klein und lebhaft, immer charmant zu den Damen. Der andere hieß Anceline, von Beruf war er Lehrer. Er war ziemlich groß und recht schweigsam. Irgendwie sah er ein bißchen traurig aus. Er gefiel mir besonders gut. Ihm gehörte Minnie, eine für einen Spaniel etwas klein geratene pechschwarze Hundedame, typisch französisch, fand ich. Wir beide hatten uns schnell angefreundet. Wahrscheinlich hatte Anceline das beobachtet, denn eines Tages kam er auf mich zu, reichte mir die Hundeleine und sagte: „bitte". Ich war überglücklich, von nun an gehörte Minnie den halben Tag mir, so oft ich Zeit für sie hatte. Abends holte Anceline sie wieder ab. Ich gab die Leine zurück und sagte: „merci". Das Wort hatte ich schnell gelernt. Verabschiedeten sich die beiden Franzosen doch immer mit einem höflichen „merci Madame" von Frau Wilke, wobei Delmas noch eine galante Verbeugung hinzufügte. Ich glaube, viel mehr haben Anceline und ich in der langen Zeit, in der wir uns in unserem Hof trafen, nicht miteinander gesprochen. Er sagte immer bitte, wenn er mir die Leine gab, und ich merci, wenn ich ihm Minnie zurückbrachte. Wir verstanden uns auch ohne viel Worte.

An einem schönen Wintertag, es hatte eine Menge Neuschnee gegeben, stürmten wir mit unseren Schlitten in den Wald zum Rodeln. Minnie war kaum zu halten, sie kannte den Weg schon ganz genau. Schließlich ließ ich sie von der Leine, und sie rannte voraus. Rechts neben uns lief ein kleiner Graben, der jetzt ganz zugeschneit war. Ich sah das schwarze Fell gerade noch über dem Schnee, dann war Minnie verschwunden. Mir wurde richtig schlecht vor Angst. Ich wußte nicht genau, wo sie eingesunken war. Wo sollten wir anfangen den Schnee wegzuräumen ? Ich hätte am liebsten geheult. Aber da kam einige Meter weiter vorn der schwarze Kopf mühsam wieder hoch. Wir rannten und befreiten Minnie aus dem Graben. Ich ließ sie an diesem Nachmittag nicht mehr von der Leine. Mir wurde sehr bewußt, daß ich auch eine Verantwortung übernommen hatte. Als ich Minnie später Anceline zurückgab, und er wie immer mit warmem Lächeln und dem seltsam traurigen Blick aus dunklen Augen auf mich herab sah, hatte ich nur einen Gedanken: ich werde gut auf deinen Hund aufpassen, ganz bestimmt.

Christian ging nun ins Gymnasium. Jetzt kam häufig sein Klassenkamerad Ludwig zu uns. Später gehörte auch Rolf zu seinen Freunden. Der war mit seiner Mutter und seinem Bruder Peter aus Berlin zu seinen Verwandten nach Kronenberg gekommen. Die drei Jungen, Christian, Rolf und Ludwig gingen gemeinsam in die Schule und verbrachten zusammen auch ihre Freizeit. Am schönsten war es für mich, wenn sie aus der Schule erzählten und ihre Lehrer imitierten. Dann konnte ich gar nicht mehr aufhören zu lachen.

Meine ersten Schuljahre waren nicht sehr beeindruckend. Da war nur das ältliche immer etwas säuerlich dreinblikkende Fräulein Albrecht. Von ihr habe ich die einzige Ohrfeige meiner Schulzeit bekommen. Wir saßen bei einer Klassenarbeit im Rechnen. Fräulein Albrecht stolzierte wie immer durch die Reihen und blieb neben mir stehen. Sie schaute meiner Nachbarin auf das Blatt, zeigte mit dem Finger auf die erste Aufgabe und sagte ärgerlich: „Da kommt doch nicht 49 raus, das ist falsch." Ich vergaß völlig die Situation, schließlich ist man in der zweiten Klasse noch kein Profi für Klassenarbeiten, und rief ganz spontan: „Ich hab 63 raus!" Zack, da sauste mir die knochige Hand ins Gesicht. „Vorsagen ist verboten!" Das war ja wohl das Letzte. Wer hatte denn zuerst vorgesagt, das war doch sie selbst gewesen.

Später bekamen wir einen Klassenlehrer, der hieß Schneider. Als wir dann das vierte Schuljahr erreicht hatten, lernten wir Herrn Schneider in einer ganz anderen Position kennen. Wir waren nun zehn Jahre alt. Das bedeutete für den aufrechten deutschen Nachwuchs Eintritt in die „Hitlerjugend". Christian war schon beim „Jungvolk" und ich würde nun zum „Jungmädchenbund" gehören. Herr Schneider verteilte Merkzettel, die wir zu Hause abliefern mußten. Die Eltern erfuhren, wann die Kinder zum „Dienst" erscheinen mußten, wo die Uniform gekauft werden konnte, und daß für Familien mit geringem Einkommen Gutscheine ausgehändigt würden. Sie bekamen die Uniform geschenkt. Herr Schneider bestellte uns für den Mittwoch nachmittag wieder in die Schule und empfing uns in einer beeindruckenden Parteiuniform. Wir sangen unglaublich heroische Lieder, lasen die Geschichten aus der Kampfzeit der Nationalsozialisten und lernten Hitlers Lebenslauf auswendig. Da wir uns zum Dienst immer in der Schule versammelten, war es fast so, als wäre nur ein neues Unterrichtsfach hinzugekommen. Das alles lief so selbstverständlich ab. Wir wurden uns der ideologischen Beeinflussung gar nicht bewußt. Nur Hans ging einfach nicht zum Dienst. Als Frau Wilke merkte, daß ihre Verweigerungstaktik allein nicht ausreichte, besorgte sie für ihren Sohn ein Attest. Nun galt Hans als herzkrank und niemand interessierte sich mehr für ihn. Unser Herr Schneider mußte schließlich auch an die Front. Jetzt bekamen wir eine Gruppenführerin. Sie war eine Schülerin des Lyzeums und stand kurz vor dem Abitur.

Mit ihr machte der Dienst nun sogar richtig Spaß. Wir handarbeiteten und machten schöne Ausflüge. Zur Weihnachtszeit packten wir Feldpostpäckchen mit selbstgestrickten Pulswärmern und selbstgebackenen Plätzchen und einem selbstgeschriebenen Brief: Lieber unbekannter Soldat! Ganz nebenbei lernten wir noch ein paar „zeitgemäße" Weihnachtslieder wie „Hohe Nacht der klaren Sterne". Für uns Jungmädchen war die Uniform natürlich von großem Interesse. Sogar ein bißchen stolz trugen wir den schwarzen Rock, die weiße Bluse mit dem schwarzen Halstuch und braunem Lederknoten. Mir gefiel am besten die braune Kletterweste. Sie faßte sich an wie Fell und war richtig sportlich.

Margarete versuchte nicht, uns gegen die nationalsozialistische Erziehung zu beeinflussen. Sie ging allerdings fast jeden Sonntag mit uns zur Kirche. Außerdem nahm ich regelmäßig am Kindergottesdienst teil. Es war nicht leicht Margarete zu durchschauen. Ich glaube aber, für Hitler und das ganze Regime hatte sie nichts übrig. Selbst die anfänglichen Sondermeldungen von den deutschen Siegen lösten bei ihr keine Begeisterung aus. Sie schien davon überhaupt keine Kenntnis zu nehmen. Vielleicht gab es deshalb auch keine politischen Gespräche bei uns zu Hause.

Unser Verhältnis zu Margarete im täglichen Umgang wurde immer schwieriger. Auch der geringste Anlaß löste heftige Vorwürfe aus, und ständig hörten wir: das ist nun der Dank dafür, daß man fremder Leute Kinder großzieht. Wiederholt versuchte ich mit Christian über Margarete zu sprechen. „Sie ist so gemein zu uns. Ich kann sie nicht mehr leiden." Christian unterbrach mich ziemlich barsch: „Ach was, hör' bloß auf! Du gehst mir mit dem Gejammer auf die Nerven." Ich verstand ihn nicht. Machte es ihm denn gar nichts aus, wenn sie uns so runterputzte? Erst im Laufe der Zeit begriff ich seine Art zu denken. Er war ein intelligenter Junge, der sich nichts vormachte. Anders als ich, erkannte er nur zu gut unsere Situation. Wir waren auf Margarete angewiesen, es gab niemand, zu dem wir gehen konnten. Während ich mich ständig nach Liebe und Geborgenheit sehnte, ließ er bei sich keine Gefühle und schon gar kein Selbstmitleid zu. Einige Jahre später erlebte ich dann, daß er allerdings auch kein Mitleid für Margarete empfand.

Ohne Vorankündigung kam dann die Trennung von Uli. Sein wohlhabender Onkel, er war der Bruder von Ulis Mutter, hatte selbst keine Kinder. Er übernahm besonders für den Neffen die Vaterstelle. So blieb es nicht aus, daß er in allen Belangen, die Uli betrafen, ein entscheidendes Mitspracherecht hatte. Eines Tages kam Uli zu uns, um sich zu verabschieden. Sein Onkel hatte ihn für die „Adolf-Hitler-Schule" angemeldet. Da dort nicht jeder angenommen wurde, hatte Uli nichts davon gesagt, bis der Aufnahmebescheid vorlag. Wir staunten nicht schlecht: der kleine Uli auf die „Adolf-Hitler-Schule"! Ich glaubte, das würde wohl kaum etwas ändern, schließlich käme er ja in den Ferien nach Hause. Unser Vater war zufällig auf Urlaub. Er unterhielt sich recht eingehend mit unserem kleinen Freund und schaute sehr nachdenklich drein, als Uli dann ging. Der schüchterne, fast mädchenhaft zarte Junge war ihm auch ein bißchen ans Herz gewachsen.

In der folgenden Zeit kam einige Aufregung in unsere kleine Stadt. In den Nachrichten und Zeitungen wurden wir von den Bombenangriffen auf deutsche Großstädte informiert. Wir lebten in einem ungefährdeten Gebiet, und so kam ein Transport mit Schulkindern aus dem Ruhrgebiet, die einzeln bei Privatleuten untergebracht werden sollten. Wir Jungmädchen wurden zum Bahnhof bestellt, um die Kinder zu den angegebenen Adressen zu begleiten und ihnen das Gepäck zu tragen. Ich bekam einen älteren Jungen zugeteilt, den ich ein bißchen außerhalb der Stadt abliefern mußte. Er war irgendwie eigenartig, ging wortlos mit gesenktem Kopf neben mir her und sprach kein Wort. Ich trug seinen Koffer und bemühte mich, immer wieder ein Gespräch zu beginnen. Schließlich sah ich ein, daß er nicht mit mir reden wollte. Wir kamen an ein schönes Einzelhaus mit gepflegtem Vorgarten. Auf mein Klingeln öffnete ein Mann in Uniform, sicherlich ein hoher Parteifunktionär. Ich lieferte den Jungen und das Gepäck ab und kehrte schnell zum Bahnhof zurück. Wir sollten uns auf jeden Fall wieder dort melden, bis alle Kinder zugeteilt waren. Für mich gab es keine weitere Adresse, und ich wollte schon gehen, als ich zurückgehalten wurde. „Du hast doch den Jungen soundso zu dieser bestimmten Adresse gebracht?" Ich nickte und hörte jemand anderen sagen: „Sie muß ihn wieder abholen, der ist geistig behindert, den will der Sturmbannführer nicht behalten. Wir müssen mal sehen, wo wir ihn unterbringen können." Ich holte den Jungen wieder ab. Jetzt ließ auch ich den Kopf hängen. Er tat mir so leid. Wie mußte dem armen Jungen wohl zumute sein? So behindert war er bestimmt nicht, daß er nicht bemerkt hätte, was mit ihm geschah.

Bisher lebten bei uns schon einige Berliner, die, so wie Rolf, ganz privat wegen der Bombenangriffe bei Verwandten Unterkunft gesucht hatten. Nun stand eine Evakuierungsmaßnahme von ganzen Familien bevor. Unsere Gaststätte wurde einer jungen Frau mit vier kleinen Kindern als Unterkunft zugeteilt. Als wir darüber informiert wurden, bemühte sich Margarete sehr, die beiden Räume irgendwie wohnlich zu gestalten. Vorne wurde der Zapfhahn am Tresen entfernt, so daß eine recht passable Küchenanrichte entstand. Tische und Stühle gab es genug. Für die Gaststube wurde ein Schrank und ein Sofa besorgt. Betten für die Kinder kamen vom Roten Kreuz. So konnte Frau Bauer mit ihren Kindern Eva-Maria, Renate, Kurt und Christine einziehen. Frau

Bauer war eine recht attraktive junge Frau, immer munter und redegewandt, wie die Berliner so sind. Ihre Kinder waren ganz schön frech für ihr Alter, fand ich jedenfalls. Es dauerte allerdings nicht lange, da berlinerte ich mit ihnen um die Wette. Frau Bauer betrachtete erstaunt unsere interessante Hofgemeinschaft. Da mußte ihr Augenmerk natürlich auf den feschen Delmas fallen. Fortan kam sie um die Mittagszeit, die Lippen leuchtendrot geschminkt, mit dem schlafenden Tinchen im Kinderwagen in den Hof. Der charmante Franzose enttäuschte sie nicht, so ein Flirt in der Mittagspause kam ihm gerade recht.

Für uns ergab sich durch die Einquartierung eine Komplikation. Frau Bauer hatte praktisch eine abgeschlossene Wohnung. Der Zugang zum Elternschlafzimmer führte jetzt vom Wohnzimmer durch das Kinderzimmer, oder man hätte den Haupteingang vom Hausflur benutzen müssen. Wir bekamen abends Besuch von einem Onkel, den wir bisher noch nicht kannten. Es war Margaretes Schwager, der Mann einer ihrer Schwestern. Er war vorübergehend in Kronenberg stationiert und kam nun häufig abends zum Essen. Es war schon erstaunlich, wie Margarete sich bemühte ihn zu verwöhnen. Er blieb auch noch da, wenn wir schon längst zu Bett mußten. Ich bekam die Masern und war so langsam auf dem Weg der Besserung. Das Fieber ließ nach, und ich döste so zwischen schlafen und wachen dahin. Eines Nachts, es begann gerade zu dämmern, hörte ich im Elternschlafzimmer ein polterndes Geräusch, irgend etwas war umgefallen. Dann schimpfte ein Mann halblaut vor sich hin. Kurz danach klappte die Außentür zum Flur und es wurde abgeschlossen. Ich wußte genau, das war die Stimme des Onkels gewesen. Weshalb war der im Schlafzimmer und wieso benutzte er die Tür, die doch immer verschlossen blieb? Das alles war sehr merkwürdig. Aber ich wußte auch, daß es besser war, nicht danach zu fragen. Kurze Zeit später verließ der Onkel uns in Richtung Ostfront.

Nun ging ich ins Lyzeum. Alles war so neu und faszinierend. Es gab so viele Lehrerinnen, und ich lernte neue Mitschülerinnen kennen. Bald hatte ich mich mit Annemarie angefreundet. Ihr Vater war Oberstudienrat und unterrichtete die älteren Schüler am Gymnasium in Griechisch und Latein. Ich ging oft mit zu Annemarie nach Hause und lernte einen, für mich ganz neuen sehr konservativen Lebensstil kennen. Die Mutter wurde von den Kindern noch mit Handkuß begrüßt. Dann gab es noch Christa, eine blonde Schönheit. Richtig toll wurde es, als Rita dazukam. Ihre Großeltern hatten ein Gut in der Nähe von Kronenberg. Dort hatte sie bisher gelebt. Ihr Vater war in der Artillerie-Kaserne stationiert. An Rita war eigentlich ein Junge verloren gegangen. Sie war burschikos, dunkelhaarig und recht hübsch. Sie holte mich oft ab, und wir gingen dann in die Kaserne. Dort meldete sich Rita bei dem Burschen ihres Vaters. Nach kurzer Rücksprache zog er mit uns in den Stall und spannte „Mäuschen", einen kleinen wunderhübschen Falben, an. Im Winter ging es mit dem Schlitten durch den Wald, und für die schneelose Zeit gab es eine kleine Kutsche. Wir durften abwechselnd die Zügel nehmen und fuhren im flotten Trab dahin. Es war einfach traumhaft. Aber allem war damals nur eine kurze Frist vergönnt. Der Krieg bestimmte immer mehr das Leben. Auch Ritas Vater blieb nicht sehr lange in der Kaserne. Einige Zeit später ist er an der Front gefallen. Auch das gehörte nun zu unserem Alltag.

Wir hatten nette Lehrerinnen im Lyzeum, die wir alle recht gut leiden konnten. Unsere Klassenlehrerin war Fräulein

Weiß, klein und rundlich, ein richtig mütterlicher Typ. Sie konnte mit uns so herzlich lachen, daß wir es nicht so recht ernst nahmen, wenn sie mal wirklich böse wurde. Dann verfiel sie ins Berlinern, was sie sonst problemlos vermied. Regte sie sich jedoch über eine ungenügende Arbeit oder eine schlecht gelernte Hausaufgabe auf, dann sprudelte es nur so aus ihr heraus: „Also nee Kinder, ick bin baff, ick setz mir hin!", und damit ließ sie sich ganz erschöpft auf ihren Stuhl fallen. Fräulein Weiß liebte alles in blau. Sie hatte schöne blaue Augen, trug blaue Kleidung, schrieb mit blauer Tinte. Wir staunten nicht schlecht, als wir mal bei ihr zu Kakao und Kuchen eingeladen waren. Alles in blau, das Geschirr, das Tischtuch, sogar die Gardinen. Wohin man sah, eine Symphonie in blau. Von da an hieß sie nur noch die blaue Weiß.

Es waren Sommerferien, wir spielten mal wieder in unserer Straße Völkerball. Dabei ging es wie immer laut und fröhlich zu. Plötzlich sah ich Uli still an der Hauswand stehen. Vielleicht schaute er uns schon etwas länger zu. Ich rannte gleich zu ihm rüber, legte die Hand auf seinen Arm um ihn mit aufs Spielfeld zu ziehen. „Uli, komm spiel doch mit!" forderte ich ihn auf und schaute ihm freudig ins Gesicht. Da war nichts von seinem vertrauten schüchternen Lächeln, er schüttelte nur ernst, fast ein bißchen traurig den Kopf und schob meine Hand von seinem Arm. Ich begriff gar nichts, die anderen drängten zum Weiterspielen, und ich lief zurück. Immer wieder schaute ich rüber zu Uli. Er stand noch ein Weilchen dort, dann war er verschwunden. Am nächsten Morgen kam er zu uns. Er sagte, daß er nur ein paar Tage bleiben könnte, dann müßte er wieder zurück ins Internat. Wir bedrängten ihn mit Fragen. Er sollte etwas von der Schule erzählen. Aber er sagte kaum etwas, wirkte seltsam verschlossen und verabschiedete sich bald wieder. Ich war enttäuscht, gekränkt und auch ein bißchen wütend. Was war bloß los mit ihm? Vielleicht hielt er sich jetzt für etwas Besseres, weil er doch die Adolf-Hitler-Schule besuchen durfte. Na, wenn er mit uns nichts mehr zu tun haben wollte, dann sollte er doch bleiben wo der Pfeffer wächst, dachte ich bockig. Die Wahrheit sah ganz anders aus, wie wir später erfuhren. Als unser Vater dann endlich mal wieder auf Urlaub kam, erzählte er uns von seinem Besuch im Internat. Er hatte auf der Durchreise einen kurzen Aufenthalt genutzt, um mit Uli zu sprechen. Da brach es nun aus dem Jungen heraus und er hatte bitterlich geweint. Der schmächtige kleine Bursche war den körperlichen Anforderungen dieser „Eliteanstalt" nicht gewachsen. Nach dem Motto „gelobt sei, was hart macht" mußten die Schüler ständig ihren Mut unter Beweis stellen. Dazu gehörten auch viele sportliche Leistungen, wie zum Beispiel der Sprung ins Schwimmbecken vom Zehnmeterbrett. Für Uli war dieses Internat eine Qual. Während Vater erzählte, dachte ich daran, wie Uli immer beim Schwimmen den Hals ganz hoch gereckt hatte, damit er kein Wasser in den Mund oder die Augen bekam. Mir wurde ganz weh' ums Herz, hätte ich das alles doch schon früher gewußt! Wir haben uns nicht mehr wiedergesehen und durch den Kriegsverlauf gänzlich aus den Augen verloren.

Seit im Februar 1943 die Festung Stalingrad gefallen war, hatte sich vieles verändert. Der Krieg wurde bedrohlicher, und die Menschen auch in Pommern immer nachdenklicher. Ständig hörten wir von den grausamen Bombenangriffen auf deutsche Städte. 1944 waren die deutschen Soldaten in Rußland nur noch auf dem Rückzug. Der Krieg rückte immer näher. In Kronenberg mußten die Frauen im Wald Panzergräben ausheben, und wir Kinder lernten unter Anleitung aus Ästen und Tannenzweigen Matten zu flechten, mit denen die Gräben abgestützt wurden. Und bald zogen die ersten Flüchtlingstrecks durch unsere Stadt in Richtung Westen. In das Jahr 1944 fällt auch ein schlimmes Ereignis, das mich sehr bedrückte und verwirrte.

Wir bekamen eine ganz junge Sportlehrerin aus Berlin. Es gab wohl keine Schülerin, die nicht von ihr begeistert war. Fräulein Kramer hatte ein möbliertes Zimmer im Haus eines Arztes, dessen Tochter Regina auch in unsere Schule ging. Sie war allerdings etwas älter als ich. Wir hatten aber den gleichen Schulweg und gingen deshalb gelegentlich gemeinsam nach Hause. Ab und zu war auch Fräulein Kramer dabei, dann war es immer sehr lustig und unterhaltsam. Dann kam der 20. Juli 1944. Wir erfuhren, daß versucht worden war, Adolf Hitler zu töten. Es war eine große Aufregung in der Bevölkerung, und das Radio brachte ständig Sondermeldungen. Nach den Sommerferien war unsere geliebte Sportlehrerin nicht mehr da. Eine Erklärung bekamen wir dafür nicht. Ich versuchte von Regina etwas über Fräulein Kramer zu erfahren. Aber sie wich meinen wiederholten Fragen aus und sprach schnell von etwas anderem. Schließlich ließ ich mich nicht mehr so abfertigen und sagte: "Regina, du mußt doch wissen, weshalb Fräulein Kramer so plötzlich auf und davon ist. Wir mochten sie doch alle so gern." Regina sah mich nachdenklich an und meinte schließlich: Na gut, ich werde dir sagen, was passiert ist. Aber du darfst mit niemand darüber sprechen." Ich nickte heftig und erfuhr folgendes: Ein paar Tage nach dem Attentatsversuch auf Hitler hatte Reginas Vater Geburtstag und dazu eine größere Gesellschaft eingeladen. Auch Fräulein Kramer war unter den Gästen. Zu später Stunde soll sie in einem kleinen Kreis geäußert haben, daß es für unser Land wohl besser gewesen wäre, wenn Hitler den Anschlag nicht überlebt hätte. Schon am nächsten Morgen wurde sie verhaftet und keiner wußte, wohin man sie gebracht hatte. Völlig verstört setzte ich meinen Heimweg fort. Warum hatte ausgerechnet Fräulein Kramer so etwas gesagt, wo doch überall zu hören und zu lesen war, daß das deutsche Volk Gott danken müßte, der unseren geliebten Führer vor dem Tod bewahrt hatte. Dann dachte ich, wie konnte sie bloß so unvorsichtig sein, so etwas laut zu sagen. Aber schließlich war ich nur noch wütend, weil mir klar wurde, daß ein ganz gemeiner Mensch unter den Gästen sie angezeigt haben mußte. Ich begriff plötzlich, das Leben in unserer kleinen Stadt verlief nicht so friedlich, wie ich bisher geglaubt hatte.

Das Jahr 1944 neigte sich langsam dem Ende zu. Im November wurde ich zwölf Jahre alt. Ich war nicht besonders wach und interessiert für das, was politisch und kriegsbedingt um uns herum geschah. Ich las sehr gerne und lebte irgendwie in meiner eigenen kleinen Welt, ein bißchen verträumt und ziemlich naiv. Christian beschäftigte sich in dieser Zeit besonders aufmerksam mit den Zeitungen und verglich den Frontverlauf mit der Landkarte. Die vielen Berliner, die in unserer Stadt lebten, wurden unruhig. Wenn unsere Wehrmacht die Russen nicht aufhalten konnte, dann wären sie in Berlin allemal besser aufgehoben. Denn in die Reichshauptstadt würde bestimmt kein Russe einmarschieren, das würde der Führer niemals zulassen, so glaubten sie. Es wurden Rücktransporte zusammengestellt, die auch Frau Bauer und ihre Kinder wieder nach Berlin brachten. Kurz vor Weihnachten kam auch Rolf dann zum letzten Mal zu uns um Auf Wiedersehen zu sagen. Ich war sehr traurig. Erst hatten wir Uli verloren, jetzt ging auch Rolf für immer. Ich mochte ihn sehr gern. Aber anders als Uli, für den ich eine geschwisterliche Zuneigung empfand. Rolf war schon fast fünfzehn, ein großer sportlicher Junge. Die Art wie er mich ansah, wenn ich über seine lustigen Geschichten und verrückten Späße lachte, machte mich verlegen, und ich versuchte seinem Blick auszuweichen. Zwischen uns gab es etwas, das war für mich neu und beunruhigend, aber auch sehr schön. Und doch hielt eine unbewußte Scheu mich davor zurück, Rolf spüren zu lassen, wie gut er mir gefiel. Nun war es zu spät. Wir haben uns nicht mehr wiedergesehen. Ich ahnte noch nicht, daß auch unsere Tage in Kronenberg gezählt waren.

Wir feierten unser letztes Weihnachtsfest in Kronenberg. Zwar hatten wir wie immer einen schönen Tannenbaum, aber es gab kaum etwas zu kaufen. Ich erinnere mich, daß zwei Bleistifte und ein kleines Notizbuch für mich auf dem Tisch lagen. Die weihnachtliche Stimmung wollte nicht aufkommen. Die Angst ging um in der Stadt. Immer schrecklicher wurden die Berichte aus den von den Russen besetzten Gebieten. Manche Orte wurden von den deutschen Soldaten noch mal freigekämpft. Was sie dort vorfanden, bekamen wir in den Zeitungen zu sehen und zu lesen. Gleich nach den Feiertagen schickte Margarete mich zum Bäcker, um Brötchen zu holen. Zwei Frauen standen vor mir und sprachen sehr leise miteinander: „Die Familie Schulz ist seit gestern fort." – „Ja, ich weiß. Unsere Nachbarn, die Köhlers, packen auch schon." Ich mochte gar nicht mehr zuhören. Überall in den Geschäften und auf den Straßen flüsterte man sich solche Neuigkeiten zu. Annemaries Eltern hatten schon wochenlang große Pakete mit Bett- und Tischwäsche, Bestecken und anderen Wertgegenständen an Verwandte in Süddeutschland geschickt. Natürlich durfte ich nicht darüber sprechen. Wir hatten keine sichere Adresse, an die wir etwas schicken konnten. Christian hörte täglich den Wehrmachtsbericht im Radio. Die Landkarte lag immer aufgeschlagen vor ihm, und er kreiste die eben gehörten Orte ein und verband sie mit Linien. Noch lange sah er auf die Karte, sagte aber nichts. Nur sein Gesichtsausdruck wurde immer verschlossener.

Am 20. Januar war es dann soweit. Dieser Tag unserer Abreise hat in meiner Erinnerung einige Lücken, die sich nicht schließen lassen. Vormittags zog es Christian zum Rathaus, wo er auf dem Marktplatz einige Wehrmachtsfahrzeuge vorfand. Er sprach die Soldaten an und erfuhr, daß ein LKW in der Nacht nach Eberswalde zurückfahren würde. Als er nach Hause kam, hatte er schon alles mit dem Fahrer des Wagens abgesprochen. Der vierzehnjährige Junge fühlte sich in dieser bedrohlichen Situation für die Familie verantwortlich. Zu Margarete sagte er: „Wir müssen weg, in den nächsten Tagen kann es schon zu spät sein. Es sind zwei Soldaten, sie holen uns mit dem Wagen ab. Gegen einundzwanzig Uhr müssen wir fertig sein. Gepäck nur soviel, daß wir es notfalls auch tragen können. Ich werde gleich Frau Wilke und den alten Lemkes Bescheid sagen."

Warum kann ich mich an die Stunden bis zum Abend nicht erinnern? Ich weiß nicht einmal, ob ich überhaupt selbst irgend etwas eingepackt habe. Waren die letzten Stunden zu Hause hektisch oder nur düster und traurig? Ich weiß nur, Margarete nahm mich mit zu den Lemkes, einem schon sehr betagten Ehepaar aus der Nachbarschaft. Wir brachten ihnen einige Lebensmittel, die wir nicht mitnehmen konnten. Ich trug einen Steinkrug voll Schmalz. Margarete fragte den alten Mann sehr eindringlich: „Wollen Sie wirklich nicht mitkommen? Noch hätten wir Zeit zum Packen." Aber der Mann schüttelte den Kopf: „Nein, wir bleiben hier. Für uns hat es keinen Sinn mehr zu flüchten, wir sind zu alt." Sie bedankten sich für die Eßwaren, wir verabschiedeten uns und kehrten in unsere Wohnung zurück. Meine letzte Erinnerung sind meine Puppen. Ich setzte sie in den Puppenwagen und deckte sie sorgfältig zu. Irgendwie hatte ich das Gefühl, bald wieder nach Hause zu kommen. Ganz bestimmt aber, wenn der Krieg zu Ende sein würde.

Dann kam das Auto, ein mit einer Plane bespannter LKW, der einige Bretter als provisorische Sitzbänke hatte. Zu unserer kleinen Gruppe gehörten noch Frau Wilke und Hans, und zu meiner Überraschung auch Delmas sowie Anceline und Minnie. Die beiden Soldaten luden zusammen mit den Franzosen schnell unser Gepäck ein, dann stiegen wir einer nach dem anderen auf den Wagen. Als letzter kam Anceline mit seinem Hund. Minnie kam gleich zu mir, legte sich quer über meine Füße und kuschelte sich an meine Beine. Der Soldat ermahnte uns, kein Licht im Wagen zu machen und zurrte hinten die Plane fest. Dann fuhren wir los. Zunächst dachte ich, Minnie könnte mir allmählich zu schwer werden auf den Füßen. Aber schnell merkte ich, wie schön warm ich es unter ihrem Fell hatte und hoffte nur, daß sie so liegen bleiben würde. Sie hat sich auch tatsächlich während der ganzen Fahrt nicht vom Fleck gerührt. Ich glaube, sie schlief. Es war bitterkalt und stockdunkel im Wagen, niemand sprach ein Wort. Wahrscheinlich empfanden wir nicht nur Trostlosigkeit sondern auch Angst. Wir waren schließlich mit einem Militärfahrzeug unterwegs, und es war nicht ausgeschlossen, daß wir unter Beschuß gerieten. Das Fahrzeug war deshalb auch nicht richtig beleuchtet, sondern hatte abgedunkelte Lampen mit schmalen Lichtschlitzen. Außerdem konnte nicht die Hauptverkehrsstraße nach Berlin benutzt werden. Der Fahrer kannte den Frontverlauf genau und fuhr über Nebenstraßen und machte große Umwege. Auf den schnee- und eisglatten Straßen konnte er auch nur langsam fahren. Wir brauchten für die knapp zweihundert Kilometer viele Stunden. Gegen zweiundzwanzig Uhr waren wir in Kronenberg abgefahren, als wir in Eberswalde eintrafen, dämmerte schon der Morgen. Aber wir waren heil und unversehrt angekommen. Ich weiß noch, daß mir von der Zugluft alle Zähne wehtaten, als wir ausstiegen. Aber ich hatte wunderbar warme Füße im Gegensatz zu den anderen. Wie sich später zeigen sollte, haben wir unendlich viel Glück gehabt, gerade noch rechtzeitig ohne große Strapazen aus dem Frontgebiet entkommen zu sein. Aber der Russe hat uns später dann doch noch eingeholt.

4. Kapitel

Dawai, dawai!

Januar 1945, innerhalb einiger Stunden hatte sich unsere Situation vollkommen verändert. Von nun an waren wir Flüchtlinge, unerwünschte Fremde, wohin wir auch kamen. Die ersten Stunden in Eberswalde verbrachten wir mit anderen Flüchtlingen in einer großen Turnhalle. Später ging Margarete in einen dafür bestimmten Raum, um uns registrieren zu lassen. Sie kam eilig zurück, ermahnte uns schnell unser Gepäck mitzunehmen und ihr nach draußen zu folgen. Wir waren als eine der ersten Familien unter den Flüchtlingen „ausgesucht" worden. Noch heute empfinde ich diese unglaublich entwürdigende Situation, der wir ausgesetzt waren. Die Leute in Eberswalde wußten, daß sie Flüchtlinge aufnehmen mußten. Besonders schlaue Einheimische wollten sich nicht irgendwelche Fremde zuteilen lassen, sondern sich ihre Flüchtlinge doch lieber selbst aussuchen. So war Margarete auf dem Weg zum Büro von einer Frau angesprochen und ihr für uns drei Quartier angeboten worden. Wobei nicht unerwähnt blieb, daß man doch wissen möchte, wen man sich ins Haus holt. Da war es also ein Vorteil, daß Margarete durch ihre gute Kleidung und ihr feines Getue gleich so positiv aufgefallen war. Wir hatten die Halle so eilig verlassen, daß nicht einmal Zeit blieb, sich von Frau Wilke, Hans und den Franzosen zu verabschieden. Allerdings bekamen wir mit Frau Wilke schnell wieder Kontakt. Sie war nicht weit von uns entfernt untergebracht worden. Anceline und Delmas aber hatten sich auf den Weg in Richtung Frankreich gemacht. So war Minnie wieder aus meinem Leben verschwunden, wie sie ganz unerwartet aufgetaucht war. Das war wohl auch am besten so. Ich beneidete die beiden Franzosen so sehr. Sie waren auf dem Weg nach Hause, wo sie bestimmt schon freudig erwartet wurden. Für uns gab es kein Zuhause mehr, wir waren jetzt nirgendwo willkommen.

Wir hatten Unterkunft in einem sehr gepflegten Haushalt gefunden. Aber es war keine wirkliche Bleibe. Margarete durfte nicht die Küche benutzen, um für uns eine Mahlzeit zu kochen. So gingen wir täglich in ein Restaurant zum Essen. Es gab keinerlei Auswahl, fast immer stand Porreegemüse und Bratwurst auf der Speisekarte. Aber es schmeckte mir gut. Unsere „Gastgeberin" war gleichzeitig auch Eigentümerin des Hauses, in dem mehrere Mieter wohnten. Sie war vor allem darauf bedacht, diesen Besitz unbeschadet über die letzten Kriegswirren zu retten. Unser Schlafzimmer war sehr beengt. Ausgerechnet mir passierte das Mißgeschick, eine der beiden Nachtischlampen umzustoßen. Die Glasglocke zerbrach. Welch ein Drama, man würde bestimmt kein dazu passendes Stück mehr bekommen, von den Kosten gar nicht zu reden. Margarete mußte lange vorwurfsvolle Sprüche über sich ergehen lassen. Seltsam war allerdings, daß sie gar nicht reagierte und mir auch keine Vorwürfe machte. In unserer Situation konnten wir einfach kein Verständnis für die lächerlichen Sorgen dieser Frau aufbringen. Die Not machte uns zu Verbündeten.

Dann erlebten wir Fliegeralarm, der uns nachts in den Keller trieb. Einmal ging ganz in der Nähe eine Bombe runter. Die Türen flogen auf, das ganze Haus zitterte und überall dröhnte und krachte es. Ich war sicher, unser Ende stand bevor. Vor lauter Angst war ich wie gelähmt. Als in dieser Nacht der Angriff vorüber war, begriff ich erst ganz allmählich, daß wir alles unversehrt überstanden hatten. Tagelang waren wir noch von einem durchdringenden Brandgeruch umgeben. Aus ganz zuverlässiger Quelle erfuhren wir später, daß dieses Haus in dem wir wohnten, dann doch noch von einer Bombe getroffen und völlig zerstört worden ist. Da hatten wir Eberswalde schon wieder verlassen. Nun gab es auch die andere Nachtischlampe nicht mehr, dachte ich mit einer gewissen Befriedigung.

Ein anderes Erlebnis in Eberswalde hat mich noch lange Zeit sehr beschäftigt. Es wurde nach einem nächtlichen Bombenangriff bekannt, daß etwas außerhalb ein englisches Flugzeug abgeschossen worden war. Natürlich war dieses Ereignis bald das Stadtgespräch. Gewissermaßen als Höhepunkt des Erfolges wurde die Besatzung unter Bewachung durch die Straßen in ein Gefangenenlager geführt. Es waren sechs englische Soldaten, einer von ihnen war offensichtlich am Bein verletzt. Er wurde von zwei seiner Kameraden gestützt. Von Kindern begleitet kam der Zug auch an unserem Haus vorbei. Hans und ich standen zufällig vor der Tür. Neugierig schlossen wir uns den Vorbeiziehenden an. Immer wieder wurde angehalten, da die zwei große Mühe hatten, den Verletzten zu stützen. Es wurde gewechselt und alle durften eine Zigarette rauchen. Die Passanten auf den Gehsteigen blieben stehen, drohten mit den Fäusten und riefen Schimpfworte, einige spuckten aus, andere eilten schnell vorbei, ohne die Engländer zu beachten. Ich empfand vor allem Mitleid mit dem Verwundeten und konnte die ganze Situation wie so häufig kaum bewältigen. Glücklicherweise hatte Frau Wilke uns entdeckt. Sie nahm Hans und mich zu sich rauf. „Da lauft ihr nicht mit. Das wollen die doch nur damit bezwecken, deshalb schleppen sie die armen Kerle doch durch die ganze Stadt", sagte sie voller Verachtung.

Die Russen drangen immer weiter vor. Wir wollten unbedingt weiter nach Westen und deshalb Eberswalde wieder verlassen. Frau Wilke beabsichtigte, sich mit Hans zu Verwandten nach Berlin durchzuschlagen. So trennten sich endgültig unsere Wege. Wir haben auch nie erfahren, was aus den beiden geworden ist. Sind sie vielleicht doch noch in den schrecklichen Kampf um Berlin geraten, oder haben sie alles heil überstanden?

Die Reisemöglichkeiten waren jetzt schon sehr eingeschränkt. Wir kamen jedenfalls nur bis Neustadt/Dosse. Dann ging nichts mehr. Wir mußten wieder nach einer Bleibe suchen. Schließlich fanden wir Unterkunft in einem kleinen Dorf bei einer Frau Scholz. Es waren unruhige Tage. Leute kamen und gingen, die ganze Welt schien unterwegs und auf der Flucht zu sein, aber niemand kam wirklich an. Es ist schwer, einen solchen Zustand zu beschreiben.

Die Front kam unaufhaltsam näher. Russische Tieffliegerangriffe versetzten uns in Angst und Schrecken. Frau Scholz wollte ihre Eltern in einem benachbarten Dorf besuchen. Sie bat mich mitzugehen, um ihren kleinen Sohn an die Hand zu nehmen. Sie hatte ihr Baby im Kinderwagen und einiges Gepäck dabei. Wir gingen ganz allein die Landstraße entlang. Plötzlich dröhnte über uns ein Flugzeug und schon hörten wir dieses entsetzliche tak, tak, tak und die Maschine stürzte auf uns runter. „In den Graben, in den Graben!" schrie Frau Scholz, riß das Baby aus dem Wagen und sprang in den Straßengraben, ich mit dem kleinen Jungen hinterher. Es machte den tapferen Kriegern nichts aus eine Frau mit kleinen Kindern anzugreifen, die sich schutzlos auf einer Landstraße befanden. Wir brauchten einige Zeit, bis wir uns von dem Schock erholt hatten und kamen schließlich unbeschadet bei den Eltern an. Frau Scholz wollte noch vor dem Einmarsch der Russen in das geräumige Elternhaus umziehen. Sie verabredete mit den Eltern, daß wir Flüchtlinge mitkommen sollten. Also zogen wir gemeinsam in das Nachbardorf.

Dann saßen wir wieder im Keller. Man hörte es hier und da schießen, aber viel schlimmer war die unheimliche Stille im Dorf. Inzwischen war längst bekannt, daß die russischen Soldaten keine Uhr übersahen und auch sonst nahmen, was ihnen gefiel. Deshalb hatte ich meinen einzigen heißgeliebten Ring in den Saum meines Mantels geschoben. Den sollten sie nicht kriegen! Die angstvolle Stille im Raum wurde unerträglich. Plötzlich wurde die Kellertür aufgestoßen, wir hörten nur immer „dawai, dawai!" und kamen alle mit erhobenen Händen aus dem Keller hervor. Die Russen mit vorgehaltener Waffe, alle grinsend, sahen unserem kläglichen Häuflein entgegen. Was hatten sie sonst wohl erwartet als Frauen, Kinder und alte Leute? Und dann hat uns ein glücklicher Zufall vor vielem bewahrt. Der russische Kommandant schlug gerade in diesem Haus sein Quartier auf, und als richtiger Schutzengel erschien ein Mensch namens Jorra Filipo. Er war der Fahrer des Kommandanten. Ein kräftiger sechsunddreißigjähriger Mann von der Krim, der sogar ein paar Worte deutsch sprach. Diesen Jorra werde ich mein Leben lang nicht vergessen. Nachts, wenn die Russen betrunken durch das Dorf zogen, mußten die Frauen zittern. Kamen sie auch zu unserem Haus, war Jorra sofort wach, schaltete überall das Licht an und drohte, den Kommandanten zu wecken. Das verfehlte nie die gewünschte Wirkung, und die Horde zog weiter. Jorra zeigte uns Bilder von seiner Frau und den beiden Kindern. Dabei strahlte sein gutmütiges Gesicht und er ließ seine schönen kräftigen Zähne blitzen. Manchmal durfte ich in seinem Auto mitfahren. Dann holte er aus dem Handschuhfach amerikanische Schokolade und sah mit großem Vergnügen zu, wie ich sie heißhungrig in mich reinstopfte. Bei solchen Gelegenheiten sagte er häufig: „Du domoj Jorra, Familie gut, Krim gut, alles gut!“ Manchmal glaubte ich fast, der meint das ernst. Von ihm lernte ich auch schnell einige Brocken russisch. Leider war dieser Jorra eine Ausnahme. Viele Soldaten waren ganz junge Burschen. Ihre Unberechenbarkeit war immer gefährlich. Zu schnell hatten sie die geladene Waffe in der Hand. Alle waren behängt mit Uhren. Sehr beliebt waren Fahrräder. Alle wollten so ein Ding besitzen, aber fahren konnte kaum einer von ihnen. Wir Kinder haben manchmal laut gelacht, wenn sie immer wieder stürzten. Dann wurden sie allerdings sehr böse, und wir taten gut daran, schnell zu verschwinden. Der Kommandant selbst hatte einen weiblichen Offizier bei sich, eine sehr zierliche Person, arrogant und unsympathisch. Beide würdigten uns keines Blickes. Eines Abends wurde es unruhig vor dem Haus. Wagen kamen und fuhren wieder weg. Irgend etwas schien sich vorzubereiten. Am nächsten Morgen war der Kommandant mit seinem Gefolge verschwunden, mit ihm natürlich auch Jorra Filipo. Andere Russen besetzten das Haus, und wir mußten alle umziehen. Es wurde noch mal sehr kritisch für uns. Aber dann kehrte allmählich Ruhe ein. Frau Scholz beschloß jetzt doch wieder, in ihre eigene Wohnung zurückzukehren. Wir gingen mit.

Auch hier war das Dorf voller Soldaten. Die Russen gingen in den Häusern aus und ein. Zu nächtlichen Überfällen kam es nun aber nicht mehr. Das Leben fing an sich zu normalisieren. Für die deutsche Bevölkerung begann der Kampf ums tägliche Brot. Während die Einheimischen ihre Beziehungen zu den Bauern nutzen konnten, wurde die Situation für uns Flüchtlinge bedrohlich. Die Frauen, die keine Kleinkinder zu betreuen hatten, mußten für die Russen in der Zuckerfabrik arbeiten. Auch Margarete blieb nicht verschont. Eines Tages erklärte sie mir, daß sie nun auch gelegentlich abends arbeiten müßte, weil einige Frauen dazu bestimmt worden seien. Vielleicht könnte sie dafür auch etwas Zucker für uns bekommen. Merkwürdig war nur, daß dann abends immer ein PKW mit einem Russen an Steuer vorgefahren kam, in dem schon drei Frauen saßen. Sie schauten angestrengt zur anderen Seite oder senkten den Kopf, so daß man das Gesicht unter dem Hut nicht erkennen konnte. Margarete stieg hastig ein und los ging es. Sie kam immer erst irgendwann in der Nacht zurück, allerdings ohne die erhoffte Belohnung.

Im gleichen Haus mit uns wohnte eine Frau Hontz mit ihrer Tochter Anita, Flüchtlinge aus Litzmannstadt. Auch Frau Hontz arbeitete in der Zuckerfabrik. Eines Abends, als Margarete mal wieder mit dem Auto abgeholt wurde, standen Anita und ich noch vor dem Haus. „Weißt du eigentlich, was deine Mutter da bei den Russen macht?“ fragte sie mich. Ich war ganz ohne Argwohn und sagte ihr genau das, was Margarete mir erzählt hatte. „Pah, arbeiten,“ lachte Anita, „die feiern immer mit ein paar russischen Offizieren. Glaubst du, die Frauen werden mit dem Auto zur Arbeit abgeholt? Meine Mutter weiß Bescheid, was da vor sich geht, das kannst du mir glauben.“ Anita ließ mich stehen und verschwand. Ich war entsetzt. Die feine Margarete, es war einfach nicht zu fassen! Aber Offiziere machten nun mal großen Eindruck auf sie. Sie war nicht meine Mutter, aber alle hier hielten sie dafür. Nun fiel mir auch wieder die Geschichte mit dem Onkel ein, der nachts das Schlafzimmer verlassen hatte. Ich war enttäuscht über die Verlogenheit der Erwachsenen. Taten sie nicht alle so moralisch, fromm und rechtschaffen? Schließlich war Margarete doch mit unserem Vater verheiratet! Ein Gefühl der Verachtung stieg in mir hoch, das ich nicht mehr los werden konnte. Und wieder blieb etwas an mir hängen, wofür ich mich schämen mußte. Aber in unserer derzeitigen Situation wollte ich nicht mehr darüber nachdenken. Schließlich würden wir auch bald von hier fortgehen. Doch das sollte noch ein Jahr dauern.

Frau Scholz bekam Nachricht von ihrem Mann, der bald heimkehren würde. Sie drängte darauf, daß wir möglichst schnell ausziehen sollten, zumal sich ihr Verhältnis zu Margarete sehr verändert hatte. Die beiden Frauen mißtrauten sich, irgend etwas stimmte nicht mehr. Ein älteres Ehepaar Zechlin, das ein kleines Häuschen etwas außerhalb in einer Eisenbahner Siedlung bewohnte, nahm uns auf. Oben gab es ein kleines Zimmer für uns, in dem wir zwar sehr beengt, aber doch recht friedlich wohnen konnten. Bei den alten Leuten lebte noch die angehende Schwiegertochter Lisbeth. Sie war auch bei der Bahn angestellt und stammte aus Hamburg. Ihr Verlobter galt als vermißt. Fräulein Lisbeth wollte gern, so bald es möglich sein würde, nach Hamburg zurück, wie sie uns erzählte. Andererseits fiel es ihr auch nicht leicht, die beiden Alten im Stich zu lassen. Wir litten große Not. Es gab einfach nichts zu kaufen. Geld hatte keinen Wert, etwas zum Eintauschen bei den Bauern besaßen wir Flüchtlinge nicht. Christian ging nachts auf die Felder um zu klauen. Kohl, fast unreife Tomaten, vor allem aber Briketts von den Bahngleisen wurden rangeschleppt. Ich ging auch mal mit, war aber nicht sehr nützlich, da ich viel zu ängstlich und nervend war. Christian zog lieber allein los. Es war eine schlimme Zeit. Besonders übel wirkte sich der totale Salzmangel aus. Die Russen hatten den gesamten Salzvorrat beschlagnahmt und abtransportiert. Das bißchen, was gekocht werden konnte, schmeckte ohne Salz fad und wässrig. Christian und ich litten an schlimmen Mangelerkrankungen. Es waren Wochen und Monate, an die man nicht gern zurückdenkt.

Schließlich hörte das unkontrollierte Leben auf. Wir mußten wieder zur Schule. Hier gab es nur eine Dorfschule, die wir beide nun gemeinsam besuchten. Christian war den Anforderungen weit voraus, ihm konnte dieser Unterricht nichts mehr bringen. Für mich war es toll, daß er meine Hausaufgaben kontrollierte. So ging ich immer mit der Gewißheit zur Schule, alles richtig gemacht zu haben.

Unser Lehrer war Herr Schwarzer, ein Mann im besten Alter, dem es offensichtlich gefiel, in seiner Dorfschule einen so guten Schüler zu haben. Es waren ganz neue Erfahrungen, die wir hier machten. Ein Mitschüler war Maxe, er war der Sohn des reichsten Bauern im Dorf. Buchstäblich dumm wie Bohnenstroh, aber mit dem Selbstbewußtsein eines Besitzenden ausgerüstet, kam er morgens mit den Gummistiefeln in den Klassenraum, mit denen er eben erst den Stall ausgemistet hatte. Ermahnungen oder Bitten nutzten gar nichts. Wir mußten diesen aromatischen Duft täglich ertragen. Die einheimischen Kinder waren durchweg gut genährt und gekleidet. Für uns war es ein Glück, daß wir bedingt durch die mangelhafte Ernährung nicht so recht wuchsen. So paßte uns wenigstens noch unsere Kleidung. Ich hatte mich ein bißchen mit Ingrid und Else angefreundet. Gelegentlich sahen die beiden mich auch mit Margarete in der Kirche. Sie machten mir große Komplimente über meine gutaussehende Mutter. Sie sah ja in ihrem schwarzen Pelzmantel, dem großkrempigen Hut und dem leuchtend gelben Seidentuch auch recht elegant aus. Irgendwie fiel sie in diesem dörflichen Umfeld schon auf. Leider muß ich gestehen, daß ich solche Äußerungen trotz allem nicht ungern hörte.

Seit dem 8. Mai 1945 war der Krieg beendet, Deutschland hatte bedingungslos kapituliert. Das Land wurde von den Siegermächten Amerika, Rußland, England und Frankreich in vier Besatzungszonen aufgeteilt. Wir wünschten nichts sehnlicher als die „Sowjetisch besetzte Zone" zu verlassen, aber das war vorerst unmöglich.

Das Jahr neigte sich dem Ende zu. Weihnachten und der Jahresbeginn trostlos und ohne Hoffnung für uns. Unsere Situation konnte sich nur ändern, wenn endlich Nachricht von unserem Vater käme. Dann würden wir es schon schaffen, gemeinsam irgendwo im Westen zu leben. Inzwischen nahmen Christian und ich auch am Konfirmandenunterricht teil. Da geschah nun etwas, was mich völlig aus der Fassung brachte. Der Pastor, der uns noch kaum richtig kannte, forderte Christian und mich auf, nach dem Unterricht noch einen Moment dazubleiben. Ich war richtig gespannt, was der wohl von uns wollte? Ich glaubte meinen Ohren nicht zu trauen, als er uns mit vorwurfsvollen Worten ermahnte, gehorsam und dankbar zu sein. Schließlich wäre es für eine Frau auch nicht leicht, in der jetzigen Zeit allein die Kinder großzuziehen und nochmals dankbar, dankbar sein. Es war nicht mehr auszuhalten. Wir standen wie zwei arme Sünder vor ihm und bekamen kein Wort heraus. Als wir dann endlich gehen konnten, platzte ich fast vor Wut. Wie konnte dieser fremde Mann so mit uns reden? Was sollte das, der war wohl verrückt geworden! Dann dämmerte mir allmählich, dahinter konnte doch nur Margarete stecken. Na klar, sie hatte den Pastor gebeten uns ins Gewissen zu reden. Sie mit ihrem damenhaften Auftreten und dem feinen Getue, da war der Herr Pastor womöglich noch stolz so ins Vertrauen gezogen zu werden. Christian und ich gingen schweigend nebeneinander her. Ein kurzer Blick in sein verschlossenes Gesicht zeigte mir, was in ihm vorging. Er versuchte mal wieder unberührt mit kühlem Kopf diesen Vorfall zu verstehen. Wahrscheinlich hatte er längst den Schlüssel dazu gefunden. Ich dagegen konnte meine Empörung und die fürchterliche Wut kaum noch beherrschen. Zu Hause angekommen, rannte ich die Treppe rauf, riß die Tür auf und giftete Margarete an: „Weshalb hast du das gemacht, warum bist du so gemein zu uns, was haben wir dir denn getan?" Ich konnte mich gar nicht beruhigen. Sie stand da, ganz die Unschuld in Person und hatte wieder dieses schreckliche Lächeln aufgesetzt. Christian sagte nichts, beobachtete Margarete für einen Augenblick aufmerksam und wandte sich dann scheinbar gleichgültig ab. Der Sinn dieser unglaublichen Demütigung klärte sich schnell auf. Nein, Margarete tat nichts ohne Vorbedacht, sie wußte, wie man schwierige Situationen meistert. Am nächsten Tag zeigte sie uns einen Brief von unserem Vater, den er ihr aus Hamburg geschrieben hatte. Wahrscheinlich war er schon seit einigen Tagen in ihrem Besitz. Der Inhalt, den wir nun auszugsweise erfuhren, war allerdings sehr sonderbar. Vater wollte, daß Christian und ich, sobald es wieder eine Zugverbindung gab, zu ihm nach Hamburg kommen sollten. Aber nur wir beide, ohne Margarete. Das war's also: dankbar sein, dankbar sein! Ich fühlte mich überfordert und fand den Brief unverständlich. Wenn schon, dann sollten wir doch alle drei nach Hamburg fahren. Ich wollte unbedingt, daß wir wieder eine richtige Familie waren. Dann würde bestimmt wieder alles gut, und Margarete müßte ihr Verhalten uns gegenüber auch ändern, dafür würde Vater schon sorgen. Christian reagierte ganz anders, unglaublich erleichtert und erfreut endlich wieder zum Vater zu kommen, sagte er kurz und bündig: „Wir beide fahren, sobald sich eine Möglichkeit bietet." Noch am gleichen Tag ging ein Brief nach Hamburg ab, in dem wir Vater wunschgemäß unsere Meinung zu seinem Vorschlag schrieben. Ich hatte schlechte Karten in diesem miesen Spiel.

Die Möglichkeit legal in den Westen zu reisen war vorerst nicht gegeben. Fräulein Lisbeth fühlte sich als Hamburgerin geradezu aufgefordert, die erstbeste Gelegenheit zur Abreise für uns drei auszukundschaften. Wofür saß sie denn täglich am Schalter im Bahnhof, obwohl kaum ein Zug fuhr.

Eines Tages im März 1946 war es dann soweit. Fräulein Lisbeth berichtete, daß in den nächsten Tagen in Neustadt/Dosse ein Güterzug zusammengestellt würde, der in Richtung Westen fahren sollte. Wann genau der Zug abfahren würde, wäre allerdings noch sehr ungewiß. Aber sie würde schon die Augen und Ohren offen halten. Wir fingen an zu pakken. Inzwischen war uns klar, daß Margarete mitfahren würde. In der Schule wurden wir beide ungewöhnlich feierlich von Herrn Schwarzer im Beisein der anderen Schüler verabschiedet. Ich hatte das Gefühl, er wäre am liebsten mit uns in Richtung Westen gezogen. In der russischen Besatzungszone standen den Menschen noch schlimme Zeiten mit radikalen politischen Veränderungen bevor. Später schrieb Ingrid mir, als wir schon einige Zeit in Hamburg lebten, daß Herr Schwarzer sich das Leben genommen hatte. Einen Grund dafür nannte sie nicht. Vielleicht durfte sie auch nichts darüber schreiben.

Nun hockten wir mit vielen anderen fremden Menschen in einem Güterwagen und hofften, daß der Zug endlich in Richtung Westen starten würde. Glücklicherweise war es für die Jahreszeit ungewöhnlich warm. So konnten die Türen offen bleiben und die Situation war ganz erträglich. Irgendwann abends ruckte der Zug an und die Räder begannen zu rollen. Alle lachten und bestätigten sich gänzlich überflüssig gegenseitig: „Wir fahren, wir fahren!" Immerhin wäre es auch möglich gewesen, daß wir nach langem Ausharren den Zug wieder verlassen hätten. In dieser völlig ungewissen Zeit war nichts sicher, schon gar nicht der Bahnverkehr. Aber diese Reise, die uns schließlich ins Lager Friedland brachte, dauerte unendlich lange. Wir standen immer wieder stundenlang irgendwo auf den Gleisen und nichts tat sich. Es gab auch keinerlei Informationen für uns, wann die Fahrt voraussichtlich weitergehen würde. Die Menschen verließen die Wagen, um sich etwas zu bewegen. Nachts wurde neben den Gleisen ein Feuer gemacht. Es war fast ein bißchen abenteuerlich, aber auch recht deprimierend. Irgendwann erreichten wir dann doch Friedland, ziemlich erschöpft, aber unendlich froh, in der englischen Besatzungszone gelandet zu sein. Zwei bis drei Tage dauerte das übliche Procedere in einem solchen Durchgangslager, dann waren alle Untersuchungen und Formalitäten erledigt. Wir durften weiterfahren.
Unser Ziel war nun Hamburg, wo wir endlich unseren Vater wiedersehen würden. Es ist fast unmöglich, die große Enttäuschung zu beschreiben, die uns bevorstand. Ausgerechnet unser Vater, der einzige Mensch, dem wir voll ver-

trauten und zu dem wir ganz gehörten, zerstörte alle Hoffnungen, die wir mit diesem Wiedersehen verbanden. Für mich endete in diesen Tagen die Kindheit, zurück blieb ein Mißtrauen gegen alle Erwachsenen, die logen und betrogen und nur an sich selbst dachten. Von dieser Ankunft in Hamburg sind Narben geblieben, die nie wieder verschwinden werden.

5. Kapitel

Herzlichen Glückwunsch, Fräulein Irmgard!

Zunächst muß von Onkel Walter, Vaters Bruder, berichtet werden. Er war als junger Mann nach Hamburg gegangen, um in dieser großen Hafenstadt sein Glück zu machen. Aus diesen Träumen ist nichts geworden und er galt in der Verwandtschaft als schwarzes Schaf. Über ihn und seine Frau Ella wurde kaum gesprochen, solange es der Familie in Pommern gut ging. Nun war Onkel Walters Adresse eine wichtige Anlaufstelle, über die man sich in diesen wirren Zeiten wiederfinden konnte. Das galt natürlich auch für uns. Auch Vaters Brief hatte den Absender von Onkel Walters kleiner Wohnung in Hamburg-Horn.

Am Hauptbahnhof angekommen, hatten wir schnell in Erfahrung gebracht, daß wir die Straßenbahn nehmen mußten, um unser Ziel zu erreichen. Hamburg im Frühjahr 1946, das war ein unglaublich trostloser Anblick. Wir fuhren durch eine graue Trümmerlandschaft, die alle Freude und Hoffnung in mir zunichte machte. Wo sollten wir hier wohl leben? Wie ein Wunder stand dann ein unversehrter Häuserblock inmitten der Ruinen. Hier also wohnte Onkel Walter. Wir trafen nur Tante Ella an, die mich mit großer Herzlichkeit „mein Lütten“ nannte, aber doch sehr verlegen und unsicher wirkte. Sie sagte schließlich, daß unser Vater nicht weit entfernt in einer Nebenstraße einen kleinen Betrieb hätte, wo wir ihn antreffen würden.

Wir drei zogen also weiter. Unter der angegebenen Adresse gab es nur ein großes Trümmergrundstück, aber auf der Rückseite war der ebenerdige Keller noch ganz intakt. Margarete klopfte und öffnete schließlich die Tür. Wir sahen in eine Werkstatt mit Kreissägen und Werkbänken, in der wohl zwei oder drei Männer arbeiteten. Einer von ihnen rief gleich nach Herrn Marenz, und ziemlich hastig kam unser Vater heraus. Er drängte uns von der Tür wieder zurück zur Straße und murmelte etwas von „hier können wir nicht stehen bleiben.“ Wieder oben auf dem Gehweg standen wir nun vor ihm wie fremde ungebetene Gäste. Es gab keine Begrüßung, keine Umarmung, kein Zeichen der Freude. Er schaute auf uns herab, dann sah er Margarete an und sagte beinahe vorwurfsvoll: „Die Kinder sind ja gar nicht gewachsen.“ Darauf Margarete: „Wir hatten ja auch kaum etwas zu essen.“ Die Situation war unerträglich, die Gesichter der beiden Erwachsenen wie versteinert. Christian und ich standen hilflos und erbärmlich niedergeschlagen dabei. Schließlich meinte unser Vater kühl und abweisend: „Ich habe doch geschrieben, daß ich keine Möglichkeit habe, euch alle unterzubringen. Christian kann bei mir bleiben. Ihr müßt sehen, ob ihr in der Bahnhofsmission übernachten könnt. Die Straßenbahn dort fährt direkt zum Hauptbahnhof. Ich kann jetzt hier nicht weg.“ Damit verschwanden Vater und Sohn in Richtung Kellereingang. Ich war fassungslos, er schickte uns einfach weg! Dabei hatte ich mich so auf das Wiedersehen gefreut und geglaubt, daß nun in Hamburg alles besser werden müßte.

Margarete und ich fuhren also mit der Straßenbahn zum Hauptbahnhof zurück und meldeten uns bei der Bahnhofsmission, die in einem Kellergewölbe ihren Dienst versah. Eine ältere Frau im weißen Kittel musterte uns abschätzend und sagte: „Na gut, Sie können hier bei mir sitzen, aber morgen früh müssen Sie den Raum natürlich wieder verlassen." Sie deutete auf zwei große klobige Holzstühle, irgendeine bequemere Sitz- oder gar Liegemöglichkeit war nicht vorhanden. Die Nacht in diesem Keller ist das trostloseste und schrecklichste Erlebnis meines Lebens bis heute geblieben. Da saß ich nun auf diesem riesigen harten Holzstuhl und konnte, obwohl ich totmüde war, nicht einen Augenblick wirklich schlafen. Die Sitzfläche war für mich zu groß. Ich konnte die Rückenlehne nicht erreichen, wenn ich die Kniekehlen anwinkeln wollte, um die Beine hängen zu lassen. Rückte ich zur Lehne ran, mußte ich die Beine waagerecht ausstrecken, was nur kurze Zeit möglich war. Der harte Stuhl drückte dann gegen die Unterschenkel, die schmerzhaft reagierten. Das waren die körperlichen Beschwerden, die seelischen waren entschieden schlimmer. In dieser nicht enden wollenden Nacht hatte ich das Gefühl völliger Verlassenheit. Es war für niemand von Bedeutung, daß es mich gab. Meine Mutter hatte das zuerst deutlich gezeigt, nun verhielt sich der Vater genauso, von Margarete konnte ich nichts mehr erwarten. Für sie waren wir immer fremder Leute Kinder gewesen, und in dieser Situation erst recht. Wir saßen ein ziemliches Stück voneinander entfernt und sprachen kein Wort. Wer sollte wen auch trösten? Am Morgen bekamen wir dann noch einen Schein, der uns zum Empfang von zwei Broten berechtigte. Wir erhielten ein ganz frisches Maisbrot und, welche Wonne, ein richtiges schönes großes Weizenbrot! So etwas hatten wir drüben in der Ostzone überhaupt nicht zu Gesicht bekommen.

Was sollte nun werden? Margarete war doch nicht ganz unvorbereitet nach Hamburg gekommen, wie sich jetzt zeigte. Sie fuhr mit mir nach Halstenbek. Dorthin war eine ihrer Schwestern von Pommern geflüchtet. Davon wußte ich allerdings nichts. Margarete hatte nie mit uns über Kontakte zu ihrer Familie gesprochen. Zu Besuchen bei ihren Verwandten war sie immer ohne uns gereist. Wir gehörten ja auch nicht wirklich dazu. Jetzt nahm sie mich also mit. Mir war ohnehin alles egal. Die Tage in Halstenbek waren grauenvoll für mich. Natürlich sprachen die Schwestern abfällig über meinen Vater ohne Rücksicht auf meine Anwesenheit. Und wieder dieser Spruch, nun auch irgendwie berechtigt: „Das ist nun der Dank dafür, daß man fremder Leute Kinder großgezogen hat." Wenn ich es nicht mehr aushielt, rannte ich raus und knallte die Türen hinter mir zu. Schlimm war nur, daß ich dann kleinlaut wieder zurückkommen mußte. Wo sollte ich auch hin? Margarete unterhielt inzwischen schriftlichen Kontakt zu meinem Vater, der beiden ziemlich schnell Gewißheit über die Situation verschaffte. Ich wußte nicht, was sich da abspielte. Margaretes Schwester sprach viel über Verwandte in Amerika, mit denen sie schon korrespondierte. „Wir sind dort jederzeit herzlich willkommen", sagte sie zu Margarete.

Eines Tages war dann alles entschieden. Margarete fuhr mit mir wieder nach Hamburg. Die Scheidung war eingereicht, ich sollte zunächst bei Tante Ella Unterkunft finden. Es war ein merkwürdig kühler Abschied. Wir warteten auf die Straßenbahn, mit der ich dann allein nach Hamburg-Horn fahren würde. Margarete wollte zum Rechtsanwalt. Sie gab mir die Hand und sagte: „Wir werden uns wohl nicht mehr wiedersehen. Sobald ich dies alles hinter mir habe, werde ich Deutschland verlassen und für immer nach Amerika gehen."

Ich war froh, daß die Straßenbahn kam. Ich wußte nichts zu sagen, wußte nicht, was mir bevorstand und fühlte mich ziemlich verlassen und elend.

Tante Ella empfing mich mit großer Herzlichkeit. Onkel Walter, der schwer lungenkrank war, lag gerade wieder mal im Krankenhaus. So war ich bei Tante Ella in guter Obhut. Bei ihr fand ich zunächst gar keine Zeit für trübe Gedanken. Sie stand am Herd, in der einen Hand den Kochlöffel, in der anderen die brennende Zigarette. Der Anblick war für mich so unglaublich, daß mir fast der Mund offen blieb. Hoffentlich schnippt sie nicht versehentlich die Asche in die Suppe, dachte ich. Auch ihre hamburgische Ausdrucksweise fand ich sehr seltsam. Sie hantierte in der Wohnung mit Fahrtuch, Feudel, Leuwagen und Handeule. All diese Ausdrücke waren ganz unbekannt und auch ein bißchen komisch für mich. Unerklärlich war auch, warum sie so schrecklich über das „st" s-tolperte.Tante Ella fuhr mit mir Straßenbahn, damit ich Hamburg ein bißchen kennenlernen sollte. „Komm setz dich hier ans Fenster, dann kannst du schön ausgucken," sagte sie richtig fürsorglich, was mir so gut tat. Manchmal machte ich einen kurzen Besuch in Vaters Werkstatt, die ja nicht weit entfernt lag. Aber dort wurde emsig an den Maschinen gearbeitet, meine Anwesenheit war eher störend. Gelegentlich kamen Vater und Christian abends zu uns. Aber die alte Vertrautheit zwischen Vater und mir wollte sich nicht einstellen. Dann kam Onkel Walter aus dem Krankenhaus nach Hause. Mein weiterer Aufenthalt in der kleinen Wohnung war nicht mehr möglich. Ich trennte mich nur ungern von Tante Ella, sie war in diesen schlimmen Tagen eine gute Fee für mich, mag man in der Familie auch so manches an ihr kritisiert haben.

Nun kam ich endgültig zu meinem Vater. Hinter der großen Werkstatt lagen drei kleine Räume, die offensichtlich zu Wohnzwecken genutzt wurden. Hier also würde ich jetzt mit Vater und Christian leben. Der half so gut er konnte in der Werkstatt mit und fühlte sich offensichtlich ganz wohl dabei. Aber was machte das junge Mädchen hier, das mir schon bei meinen gelegentlichen Besuchen aufgefallen war? Vater hatte sie mir nur kurz als Fräulein Irmgard vorgestellt. Merkwürdig war allerdings, daß sie hier auch wohnte, wie ich jetzt erfuhr. Christian sprach mit ihr in recht vertrautem Ton, was mir nicht besonders gefiel. In den folgenden Tagen beobachtete ich Vater und Fräulein Irmgard mit Argwohn. Es durfte doch wohl nicht wahr sein, sie war zwanzig Jahre alt und unser Vater siebenundvierzig. Das konnte er uns nicht antun! Aber es gab bald keinen Zweifel mehr. Er spreizte sich wie ein Pfau vor diesem Mädchen. Ich fand das peinlich und lächerlich. Ich war dreizehn Jahre alt und reagierte wütend bockig und wirkte dabei wahrscheinlich auch irgendwie lächerlich. Jetzt wurde mir langsam klar, weshalb Vater mich zunächst nicht bei sich haben wollte. Er wußte nicht, wie ich auf seine Beziehung zu Irmgard reagieren würde. Christian hatte sich in seinem Brief eindeutig für seinen Vater entschieden. Ich dagegen, von dem naiven Wunsch nach Harmonie und heiler Welt erfüllt, ließ in meinem Schreiben durchaus auch eine loyale Einstellung zu Margarete erkennen. Vater war fest entschlossen seine Ehe mit Margarete zu beenden, und ich konnte dabei ein gewisses Problem darstellen. Mochte die Ehe längst schwierig gewesen sein, wir Kinder hatten davon nichts bemerkt. Der Vater war ja auch kaum zu Hause gewesen.

Was Irmgard betraf, so hatte sie unseren Vater in den letzten Kriegsmonaten kennengelernt. Ein junges Mädchen, das sich zu einem so viel älteren väterlichen Mann hingezogen fühlte, wobei es keine Rolle spielte, daß irgendwo Frau und Kinder warteten. Vater und Irmgard hatten in Hamburg ein gemeinsames Leben begonnen, und Christian und ich wurden vor vollendete Tatsachen gestellt. Wieder waren alle meine Hoffnungen auf eine stabile familiäre Beziehung zerbrochen. Was nun kam, war ein ständiger Kampf um die Wahrnehmung meiner Interessen und Wünsche, deren Erfüllung ich Vater abringen mußte.

Wir lebten in diesen Kellerräumen unter erbärmlichen Umständen. Das Essen reichte nie aus, um satt zu werden. Besonders Christian, der bald sechzehn Jahre alt war, litt sehr unter dem Hunger. Für einige Zeit lebten wir Kinder ganz eingeplant in die akuten Bedürfnisse dieser neuen Familiensituation. Vater und Christian zogen mit den in der Werkstatt gefertigten Nähkästen, Wäscheklammern und Spielsachen auf das Land, um Lebensmittel dafür einzutauschen. Hamstern, wie diese Art des Handelns damals genannt wurde, war streng verboten. Hatte man Pech und geriet unterwegs in eine Kontrolle, verlor man alles und mußte noch mit einem Strafverfahren rechnen. Ich war immer froh, wenn beide unbeschadet wieder zurück waren. Einige Wochen lang fertigten Christian und ich Dachpfannen aus Lehm und gemahlenem Trümmerschutt an. Vater wollte im Sommer noch weitere Räume oberhalb des Kellers in dieser Hausruine nutzbar machen. In dieser Zeit bestand für Hamburg absolutes Zuzug-Verbot. Wie wir lebten viele Menschen in Kellern und Behelfsheimen. Als Flüchtlinge bekamen wir deshalb in Hamburg auch keine Aufenthaltsgenehmigung. Wir waren beim Einwohnermeldeamt in Großhansdorf angemeldet. Dort hatte Onkel Walter einen Schrebergarten mit einer kleinen Laube. Die galt damals als Notunterkunft.

Zunächst hatte Vater dort seine Irmgard und dann auch Christian und mich angemeldet. Nun mußten wir jeden Monat einmal nach Großhansdorf fahren, um unsere Lebensmittelkarten in Empfang zu nehmen, die zum Überleben so wichtig waren. Wahrscheinlich war unser Aufenthalt in Hamburg nicht legal, aber wen interessierte das schon. Hauptsache man hatte ein Dach über dem Kopf. Immerhin war unser Vater schon ordnungsgemäß angemeldeter Bürger der Freien und Hansestadt Hamburg.

Für Christian und mich gab es aber auch einen erfreulichen Lichtblick. Im April 1946, zu Beginn des neuen Schuljahres, meldete Vater uns in der Schule an. Christian besuchte wieder ein Gymnasium und ich eine Oberschule für Mädchen, die wohl dem früheren Lyzeum entsprach. Für jeden von uns mußte ein monatliches Schulgeld von vierzig Mark bezahlt werden. Unsere Lebensumstände in diesem Trümmergrundstück waren nach wie vor deprimierend, aber wir sollten doch eine ordentliche Schulbildung erhalten. Das war eine großherzige Entscheidung unseres Vaters, die wir dankbar anerkannten.

Der Neuanfang war für mich allerdings sehr schwierig. Immerhin waren wir über ein Jahr nur in eine Dorfschule gegangen. Jetzt wurden ganz andere Anforderungen gestellt. Altersmäßig hätte ich in die 7. Klasse gehört, aber ich mußte da weitermachen, wo ich in Kronenberg aufgehört hatte. So kam ich wieder in die 6.Klasse, und das war auch gut so. Meine ersten Klassenarbeiten in Englisch waren mangelhaft oder ungenügend. Glücklicherweise war Fräulein Schröder eine wunderbare Lehrerin, die mir immer wieder Mut machte, wenn sie mir das Heft mit aufmunterndem Kommentar zurückgab. Als sehr wohltuend empfand ich auch die Art und Weise, wie ich von den Mitschülerinnen aufgenommen wurde. Da gab es keine neugierigen Fragen und abschätzenden Blicke. Alle hatten wegen der Bombenangriffe irgendwo im ganzen Land verstreut gelebt und fingen nun hier in Hamburg gemeinsam neu an. Da war es kein besonderer Makel, ein Flüchtlingskind aus Pommern zu sein. Ich fühlte mich in dieser Gemeinschaft gleich sehr wohl.

Hamburg war britisch besetztes Gebiet. Auch hier kam es zu einer Begegnung mit einem Besatzungssoldaten, diesmal unbekannt und namenlos, die ich nicht vergessen werde. Ich fuhr nun täglich einige Stationen mit der Straßenbahn durch eine trostlose Ruinenlandschaft zur Schule. Auf der Heimfahrt standen eines Tages ein paar englische Soldaten neben mir im Abteil. Ich nahm die Menschen um mich herum aber kaum wahr. Mir ging es nicht besonders gut an diesem Nachmittag. Gerade eben hatte ich wieder eine Klassenarbeit mit zu vielen roten Strichen und Verzierungen zurückbekommen. Ich war sehr niedergeschlagen. Kurz vor einer Haltestelle merkte ich, daß mir jemand etwas in die Manteltasche steckte. Während ich nachschaute und eine Schachtel Zigaretten in der Tasche fand, strebten die Soldaten schon zum Ausgang. Es reichte gerade noch zu einem kurzen Blickkontakt mit dem großmütigen Spender, dann waren die Männer verschwunden. Eine ganze Schachtel englische Zigaretten! Ich konnte es kaum glauben. Die wurden nur auf dem Schwarzmarkt verkauft, meistens nur stückweise und kosteten horrendes Geld. Außerdem konnte man fast alles gegen ausländische Zigaretten eintauschen. Ich trug also etwas ganz Wertvolles in der Manteltasche nach Hause. Mich überkam ein unglaubliches Glücksgefühl, hatte doch dieser fremde englische Soldat ausgerechnet mich für sein Geschenk ausgewählt.

Plötzlich empfand ich die Fünf in der Klassenarbeit auch gar nicht mehr so bedrohlich. Ich würde den Anschluß schon noch schaffen, ganz bestimmt.

Die Zigaretten bekam Vater, der ein starker Raucher war. Er nahm die Schachtel mit einem nachdenklichen Gesichtsausdruck entgegen. Vielleicht dachte er an die Zeit, als er selbst als Besatzungssoldat in Frankreich und Norwegen war. Gesprochen hat er darüber allerdings kaum.

Christian war noch im Frühjahr 1946 konfirmiert worden. Ein Fest konnte es natürlich nicht geben. Nach einem wie immer kargen Essen, ging Vater mit Christian in eine Gaststätte und spendierte seinem Sohn das erste Glas Bier. Er sollte doch wenigstens eine Erinnerung an diesen besonderen Tag haben. Ich ging nun auch wieder zum Konfirmandenunterricht. Meine Konfirmation stand im nächsten Frühjahr bevor. Die Kirche hatte ein großes Spendenarsenal an Kleidungsstücken aus Amerika gehortet. Wir Konfirmandinnen durften uns etwas Passendes für den festlichen Einzug in das Gotteshaus aussuchen. Da gab es zwar eine große Auswahl an schwarzen Kleidern, nur waren sie eigentlich mehr zum Ausgehen geeignet. So kam ich denn mit einem entzückenden Exemplar aus schwarzem seidigen Oberteil und einem weiten schwarzen Tüllröckchen mit großen weißen Punkten zu Hause an. Zufällig war auch Tante Ella anwesend. Sie schaute häufig mal rein, um für Onkel Walter etwas Nahrhaftes abzuholen. Vater war immer bemüht bei seinen Hamsterfahrten auch seinen schwerkranken Bruder zu bedenken. Die Familie betrachtete mich in meinem schönen Kleid mit kritischen Blicken und meinte schließlich, wir müßten uns wohl doch um etwas anderes bemühen. Tante Ella versprach mal nachzuschauen, ob sich in ihrem Kleiderschrank etwas in schwarz für mich finden ließ. So bekam ich ein ganz schlichtes schwarzes Kleid aus einem Stoff, der sich eng wie ein Futteral um den Körper legte. Um nicht ganz so trostlos zu wirken, wurde ich doch noch mit einem weißen Kragen und weißen Manschetten an den Ärmeln verziert. Ich war auch ganz zufrieden damit, allerdings fand ich mich in dem amerikanischen Kleid viel schöner.

Im Sommer 1947 heiratete Vater seine Irmgard. Ich hatte mal wieder eine gehörige Portion Wut im Bauch und empfing die Braut nach der Rückkehr vom Standesamt provozierend mit: „Herzlichen Glückwunsch, Fräulein Irmgard!“ Ihr frisch angetrauter Ehemann bemühte sich um einen gemäßigten Tonfall, als er mir vorhielt: „Fräulein Irmgard, das geht nun zukünftig wohl nicht mehr.“ Sein Gesicht zeigte deutlich, wie sehr er sich über meine Frechheiten ärgerte. Ich sah ihn wütend an und brummte vor mich hin: „Ich kann ja auch Frau Marenz zu ihr sagen.“ So führte ich einen ständigen Krieg mit Worten und Gesten, der mir natürlich mehr schadete als nutzte.

Endlich traf bei Onkel Walter auch ein Lebenszeichen von Tante Anna und Onkel Karl ein. Sie waren nicht rechtzeitig aus Buchholz rausgekommen. Jetzt wohnten sie in der Nähe von Köln. Tante Anna war in der schlimmen Zeit, die sie nach dem Einmarsch der Russen in Pommern erlebten, schwer erkrankt. Onkel Karl schrieb, daß sie sehr gerne ihre beiden Brüder in Hamburg besuchen würde. Aber vorerst war daran nicht zu denken. Es würde wohl noch einige Zeit dauern, bis sie sich erholt hätte. Warum ausgerechnet Tante Anna, die so gerne lachte und uns so liebevoll betreut hatte, dachte ich traurig.

Im Herbst starb Onkel Walter. Tante Ella verließ Hamburg und zog zu ihren Verwandten in eine andere Stadt.

Mein Verhältnis zu Irmgard war alles andere als freundschaftlich. Sie war ja nicht viel älter als Christian und ich, gehörte aber durch ihre Heirat mit einem so viel älteren Mann nicht zu unserer Generation. Sie stand irgendwie dazwischen.

Die Vormittage in der Schule halfen mir die familiären Probleme zu vergessen. Es waren vor allem die kreativen Aktivitäten, die mich begeisterten. Hier wurde nicht nur gebüffelt und gepaukt. Wir führten Theaterstücke auf und veranstalteten Schulfeste.

Außerdem gab es einen Chor und es wurde musiziert. Natürlich waren häufig die Eltern zu solchen Anlässen eingeladen. Obwohl ich meistens auch zu den Akteuren auf der Bühne gehörte, war aus meiner Familie niemand unter den Zuschauern. Das kümmerte mich allerdings herzlich wenig. Es fiel ja auch kaum auf. Inzwischen bildeten sich innerhalb der Klassengemeinschaft kleinere Gruppen, die gemeinsam etwas in der Freizeit unternahmen. Ich machte gerne mit, lehnte aber grundsätzlich private Einladungen mit ständig neuen Ausreden ab. Irgendwann hätte ich mich schließlich revanchieren müssen. Als was sollte ich Irmgard wohl vorstellen? Ich war nicht fähig, die familiäre Situation einfach und unverkrampft zu sehen. Oft dachte ich, wieviel leichter es für Christian und mich doch gewesen wäre, wenn Vater und Margarete sich nicht getrennt hätten, trotz allem!

Im Juni 1948 kam dann die Währungsreform. Es war wie ein Wunder, von heute auf morgen änderte sich alles. Die

Geschäfte waren voll, es gab zu kaufen, was das Herz begehrte. Man mußte nur genug von dem neuen Geld in der Tasche haben. Wohl dem, der eine feste Anstellung hatte und mit pünktlichem Lohn oder Gehalt rechnen konnte. Als Startkapital bekam jede Familie pro Kopf vierzig Mark in neue harte D-Mark umgetauscht. Danach mußte jeder für sich selbst sorgen. Es ging schnell bergauf rings um uns her. Bei uns dagegen ging es nun steil bergab. Die einfachen Holzgegenstände, die in der Werkstatt hergestellt wurden, fanden keinen Absatz mehr. Jetzt gab es schönere Nähkästen und interessanteres Spielzeug. Es war nur eine Frage der Zeit, wann Vater den Betrieb einstellen mußte.

Jedenfalls hatte die Währungsreform für mich schlimme Folgen. Im Winter sagte Vater mir, daß ich Ende des Schuljahres mit Abschluß der 8. Klasse die Schule verlassen müßte. Christian dürfte weiter das Gymnasium besuchen. Schließlich war er ein Junge, für den eine gute Ausbildung so viel wichtiger war. Für zwei Kinder konnte das Schulgeld nicht mehr aufgebracht werden. Ich war sehr verzweifelt, weil ich unbedingt das Abitur machen wollte. Dann könnte ich vielleicht einen Beruf erlernen, der viel mit Büchern zu tun haben müßte. Bibliothekarin oder eine interessante Arbeit in einem Verlag stellte ich mir ganz wunderbar vor. Allerdings war mir schon seit langem klar, daß es kein Beruf sein könnte, der ein Studium voraussetzte. Nun lösten sich alle meine Träume in nichts auf. Faustdick kam es dann noch auf mich zu, als Irmgard ihren ganzen Einfluß auf Vater geltend machte, daß ich eine Stelle als Hausgehilfin antreten sollte. Schließlich könnte man dann auch Geld für Kost und Logie einsparen. Ich geriet völlig aus der Fassung. Verzweifelt kämpfte ich darum doch wenigstens eine kaufmännische Lehre machen zu dürfen. Mit Tränen und dramatischen Sprüchen setzte ich mich durch. Ich schaffte es!

Ich hatte Tante Anna im März zum Geburtstag gratuliert und ihr berichtet, daß ich im April eine Lehre im Büro beginnen würde. Sie ahnte wohl, daß ich nicht sehr glücklich darüber war und legte ihrem Antwortschreiben als kleine Überraschung zehn Mark bei. Für eine nützliche Anschaffung, wie sie vermerkte. Nun war es auch 1949 nicht leicht, eine Lehrstelle zu bekommen. Ich bin ziemlich klein und wirkte auch mit sechzehn noch sehr kindlich. Eingehend betrachtete ich mich im Spiegel und fand: die Zöpfe müssen ab, wenn ich eine Lehrstelle finden wollte. Also ließ ich mir von Tante Annas Geld eine lockige Dauerwelle verpassen. Die Wirkung war allerdings nicht so großartig, wie ich erwartet hatte. Mit meiner notdürftigen Aufmachung und Kleidung konnte ich trotz der Locken wohl kaum einen ansprechenden Eindruck machen. So landete ich schließlich in einer kleiner Drogerie-Großhandlung mit drei Personen als Personal. Ich wurde sehr viel mit Botengängen beschäftigt, wobei ich Hamburg ganz gut kennenlernte. Sonst gibt es nichts, worüber ich berichten könnte. Nach einigen Monaten habe ich diese Lehrstelle aufgegeben und eine bessere Ausbildungsstätte, eine Zucker- und Süßwaren-Großhandlung, gefunden. Hier gab es ein richtiges Büro mit Expedition und Buchhaltung. Dazu ein großes Auslieferungslager und eine entsprechende Anzahl Personal. Ich konnte inzwischen schon recht flink die Schreibmaschine bedienen und stenographieren. Das hatte ich in der Berufsschule gelernt. So war ich für diese Firma eine ganz brauchbare und dazu noch sehr billige Arbeitskraft. Die monatliche Ausbildungsbeihilfe betrug damals: im ersten Lehrjahr 30,- im zweiten 40,- und im dritten Lehrjahr 50,- DM. Ich arbeitete in der Expedition als einzige weibliche Angestellte unter lauter gestandenen Männern. Das fand ich ganz prima. Der Abteilungsleiter war ein richtig väterlicher Typ, der einfach nur „Kleines" zu mir sagte. Schon bald nannten mich auch der

Lagermeister und die Fahrer so. Ich war darüber nicht gerade erfreut, aber irgendwie wirkte es doch wunderbar unkompliziert, wenn sie eilig vor meinem Schreibtisch auftauchten mit den Worten: „Kleines, setz doch schnell noch drei Doppelzentner Zucker auf die Auslieferungsliste, die müssen unbedingt mit dem ersten Wagen raus." Sie duzten mich nicht direkt, waren auch nie frech oder anzüglich zu mir. Ich konnte damit ganz gut zurecht kommen. Es wurde immer fleißig, aber auch mit einer gewissen Fröhlichkeit, gearbeitet. Hier wollte ich gern meine Lehrzeit beenden.

6. Kapitel

Endlich erwachsen!

Dieser Wechsel der Lehrstelle, den ich ganz eigenmächtig und selbständig vollzogen hatte, bewirkte eine sehr positive Veränderung meines Denkens. Ich wurde selbstbewußter und endlich erwachsen. Von jetzt an erwartete ich nichts mehr von anderen, sondern wußte, daß ich für meine Zukunft selbst verantwortlich war. Sehr positiv wirkte sich auch meine Freundschaft mit Lotti aus.

Wir lernten uns in der Handelsschule, in einer sogenannten „Aufbauklasse" kennen. Innerhalb der Berufsschule konnten Schüler, die wie ich eine Schulausbildung vorzeitig abgebrochen hatten, in Abendkursen an der Handelsschule die Mittlere Reife nachholen. Mit dem Einverständnis des Lehrherrn besuchten wir zweimal wöchentlich eine Aufbauklasse. In dieser Abendgruppe lernte ich also Lotti kennen. Wir waren uns auf Anhieb sympathisch und wurden gute Freundinnen. Rein äußerlich waren wir ganz gegensätzlich. Ich klein und unscheinbar, im besten Fall ganz niedlich. Lotti war ein Jahr älter und ein junges Mädchen, nach dem sich die Männer umdrehten. Sie war mittelgroß, hatte eine wunderbare Figur und schöne Beine. Dazu kam eine sehr weibliche Ausstrahlung; brünett mit großen braunen Augen und gut geformtem Mund wirkte sie sehr anziehend. Wir saßen fast drei Jahre nebeneinander in der Schule, besuchten gemeinsam einen Tanzkurs und gingen zusammen aus. Vor Lotti hatte ich keine Geheimnisse, wir vertrauten uns gegenseitig alle Freuden und Leiden an. Lotti lebte allein mit ihrer Mutter, die für beide mühsam den Lebensunterhalt bestreiten mußte. Ihr Vater galt als vermißt, und da ihre Mutter es nicht fertig brachte, ihn für tot erklären zu lassen, bekamen sie auch keine Witwen- und Waisenrente. So hatten Lotti und ich ein gemeinsames Problem, wir hatten nie Geld.

In dieser Abendgruppe waren wir eine gemischte Klasse, die Jungen in der Überzahl. Einige von ihnen gingen schon auf die zwanzig zu. Der Krieg hatte ihnen übel mitgespielt, sie waren als sechzehnjährige Burschen noch zum Volkssturm einberufen worden. Nun konnten sie endlich ihre Berufsausbildung beenden. Trotz ständiger Ebbe im Portemonnaie genossen wir diese Zeit. Wir waren voller Lebensfreude und Optimismus. Häufig haben wir zusammen gefeiert, wobei meistens auch ein Lehrer anwesend war. Es war immer ein Schüler dabei, der sich ans Klavier setzte, dann wurde getanzt und gesungen. Bei den Weihnachtsfeiern gab es sogar einen Rotweinpunsch und natürlich probierten alle mal eine Zigarette, die meistens von den Jungen rumgereicht wurden. Mindestens einmal in der Woche trafen wir uns im Amerika-Haus und sahen begeistert Dias-Vorträge über ferne Länder. Die Welt stand uns offen, wir mußten nur Mut haben und unsere Chancen nutzen. Ich korrespondierte mit zwei jungen Engländerinnen. Ständig gingen Briefe und Fotos hin und her. Mich überkam ein geradezu schmerzhaftes Fernweh. Nach Abschluß der Lehrzeit wollte ich unbedingt ins Ausland gehen.

Lotti lernte in einer kleinen Im- und Exportfirma. Sie handelten mit allem möglichen, was sich damals ein- und ausführen ließ. Ihre hauptsächlichen Handelspartner hatte die Firma in Liverpool. Ich staunte über den Trubel, der bei Lotti im Büro herrschte. Immerfort klingelte das Telefon und es war ein ständiges Kommen und Gehen. Häufig mußte ich noch auf sie warten, wenn wir nach Feierabend verabredet waren. Es beeindruckte mich schon, daß Lotti sich in diesem hektischen Büro ganz in ihrem Element fühlte. Da ging es in meiner Zuckergroßhandlung doch sehr viel geordneter zu.

Meine Pläne halfen mir, das Leben zu Hause besser in den Griff zu bekommen. Inzwischen hatte es für die Flüchtlinge Geld aus dem Lastenausgleich gegeben. Vater kaufte ein Grundstück am Stadtrand und fing an, ein Haus zu bauen. Aber das Geld reichte nicht aus, der Bau wurde und wurde nicht fertig. Ich hatte nun aber ein freundliches kleines Zimmer und paßte mich an. Ohne zu lamentieren erledigte ich die häuslichen Pflichten, die mir von Irmgard zugeteilt wurden. Ich wartete nur noch auf das Ende meiner Lehrzeit. Christian studierte in Berlin. Vater wollte zunächst nichts davon wissen, sondern schlug ihm vor, eine Beamtenlaufbahn einzuschlagen. Denn finanzielle Unterstützung konnte er ihm nicht bieten. So sortierte Christian nachts in der Post Briefe und saß am Tag im Hörsaal in der Uni. Es waren harte Jahre, die ihn manchmal an den Rand seiner physischen Kräfte brachten. Vater war wie immer stolz auf seinen Sohn und sagte nicht selten: „Der Junge wird es schon schaffen."

Im Sommer 1950 fuhren Lotti und ich an die Ostsee, eine ganze Woche lang. Meine erste Urlaubsreise, es war wundervoll! Das Zimmer mietete Lottis Firma für ihre Angestellten, die dafür nichts bezahlen mußten. Lotti nahm mich einfach mit und beschwatzte die Wirtin, eine zusätzliche Liege aufzustellen. Wenn sie sich etwas in den Kopf gesetzt hatte, dann konnte sie sehr hartnäckig sein. Ich bezahlte für eine Woche Übernachtung fünf Mark. Gegessen haben wir nicht viel, dafür war uns das Geld zu schade. Einen großen Abend leisteten wir uns zum Abschluß, als wir von Niendorf nach Timmendorf ins Kurhaus zum Tanzen gingen. Wir putzten uns tüchtig raus und lackierten uns die Fingernägel knallrot. Bei Lotti sah das richtig elegant aus, zu mir paßten rote Nägel überhaupt nicht. Es wurde ein wunderschöner Abend. Schon bald hatten wir zwei Tänzer gefunden, die sich mit einer Flasche Wein zu uns an den Tisch setzten. Es war wieder mal ein attraktiver Mann, der sich für Lotti interessierte. Sehr gewandt und nicht mehr ganz zu unserem Alter passend. Ich tanzte den ganzen Abend mit Klaus, er hatte schöne blaue Augen und war erfrischend unkompliziert. Erst in den frühen Morgenstunden wanderten wir zu viert nach Niendorf zurück. Unterwegs erzählte Klaus mir seine Geschichte. Er war schon sechsundzwanzig Jahre alt, war gleich von der Schulbank weg zum Militär gekommen, dann in die Gefangenschaft geraten und schließlich wieder glücklich zu Hause gelandet. Schon bald sollte er das väterliche Baugeschäft übernehmen. An diesem Wochenende war er an die Ostsee gekommen, um vergnügt zu sein und zu tanzen. Ich hörte geduldig zu. So waren fast alle jungen Männer, die schon Soldat gewesen waren. Irgendwie hatten sie es jetzt sehr eilig, möglichst schnell nachzuholen, was sie versäumt hatten. Plötzlich blieb Klaus stehen, wandte sich mir zu und sagte ganz ernsthaft: „Was ich mir wünsche, ist eine Frau und bald eine Familie. Und du bist genau die Richtige für mich, das weiß ich sicher." Er nahm meine Hände. „Dich würde ich sofort heiraten, auch mit so schrecklich lakkierten Fingernägeln", fügte er mit einem umwerfend jungenhaften Grinsen hinzu. „Ich finde diese roten Krallen auch ganz scheußlich," gestand ich, und wir mußten beide lachen. Klaus gefiel mir sehr, aber ich behielt einen klaren Kopf. Ich war noch nicht ganz achtzehn, hatte meine Ausbildung noch nicht beendet und heiraten wollte ich schon gar nicht, ich hatte doch ganz andere Pläne. Nein, er bekam meine Adresse nicht. Bestimmt würde er bald das richtige Mädchen im passenden Alter finden, das ihn gern heiraten würde. Ganz überwältigt erzählte ich Lotti später: „Stell dir vor, ich habe gerade meinen ersten Heiratsantrag bekommen."

Lotti lernte einige Zeit später Martin kennen. Es wurde eine schwierige Beziehung. Martin war ein junger Angestellter, der neuerdings im Auftrag seiner Firma häufig in Lottis Büro kam. Sein Interesse an dem jungen Mädchen war offenkundig, aber erst nach langem Zögern brachte er den Mut auf, Lotti ins Kino einzuladen. Als ich Martin zum ersten Mal sah, war ich sehr überrascht. Er war ganz anders, als ich erwartet hatte. Mittelgroß und alles in allem eher unauffällig, mit einem ständig besorgt wirkenden Gesichtsausdruck machte er einen fast unfreundlichen Eindruck. Mich störte vor allem, daß er nie richtig lachen konnte, außerdem fehlte ihm jegliche Art von Humor. Ich verstand einfach nicht, was Lotti an diesem Martin so gefiel. Als ich sie darauf ansprach, sagte sie nur: „Weißt du, er kann so unglaublich lieb sein." Dabei schaute sie ganz verträumt an mir vorbei. Das Glück dauerte nicht lange. Schon bald zeigte sich bei Martin eine fast krankhafte Eifersucht. War er zufällig anwesend, wenn Lotti bei einem geschäftlichen Telefongespräch mal herzlich lachte, dann gab es später eine unglaubliche Szene. Holte Martin sie abends vom Büro ab, so mußte sie darauf achten, daß nicht gleichzeitig auch ein Kollege das Haus verließ. Martin witterte überall Betrug, Verrat und Untreue. Jeder Mann, der sich in Lottis Nähe aufhielt, war für ihn ein Nebenbuhler. Es war manchmal direkt lachhaft. Nach schlimmen Szenen folgten Versöhnungen und Martin versprach sich zu ändern. Er drängte auf eine Verlobung. In der Hoffnung, daß er sich dann sicherer fühlen würde, willigte Lotti schließlich ein.

Im Winter 1951/52 bereiteten wir uns auf unseren Abschluß vor. Wir hatten neben den üblichen Prüfungen in der Berufsschule und der Handelskammer auch noch die Mittlere Reife zu bestehen. Wir lernten gemeinsam in kleinen Gruppen und gelegentlich war ich bei Lotti zu Hause, um mit ihr zu arbeiten. Lotti hatte nun weniger Zeit für Martin, aber er zeigte kein Verständnis. Unerwartet tauchte er auf, sah uns beide bei den Hausaufgaben sitzen und begann gänzlich unbegründet Lotti mit Vorwürfen zu überschütten. Er geriet völlig außer sich. Ich raffte meine Sachen zusammen und brachte nur noch ein schwaches: „Laß gut sein, Martin, ich geh' ja schon", zustande. Dann war ich draußen. Unglaublich, es wurde immer schlimmer mit ihm. Schließlich löste Lotti die Verlobung auf. Aber damit war das Problem nicht aus der Welt geschafft. Jetzt lauerte Martin ihr auf, vor dem Büro oder zu Hause. Er konnte sich einfach nicht mit der Trennung abfinden.

So kam es, daß auch Lotti nicht mehr in Hamburg bleiben wollte. Jetzt waren wir uns einig: wir wollten beide ganz schnell und möglichst weit weg.

Zunächst aber mußten wir uns auf unseren Abschluß konzentrieren. Schließlich hatten wir beide alle Prüfungen mit recht akzeptablen Ergebnissen bestanden. Inzwischen war die Entscheidung gefallen: wir wollten nach England gehen. Es gab damals schon verschiedene Möglichkeiten für junge Leute befristete Arbeitsverträge im Ausland zu bekommen. Jetzt nutzte Lotti über ihre Firma die Verbindungen zu den Handelspartnern in Liverpool. Wie gesagt, sie konnte sehr hartnäckig sein, wenn sie etwas unbedingt erreichen wollte.

Nun war es also soweit. Heute war Lotti mir strahlend mit allen nötigen Unterlagen auf dem Flur des Bürohauses entgegen gekommen. Die Engländer wollten uns beide halbtags für ein Jahr einstellen. Wir sollten die Aufträge aus Deutschland bearbeiten und für die deutschsprachige Korrespondenz zuständig sein. In England selbst gab es nicht viele junge Leute, die deutsch gelernt hatten. Das war während des Krieges keine beliebte Fremdsprache gewesen. Besonders gut verdienen würden wir drüben nicht. Aber das war uns auch nicht so wichtig. Am 1. Juli 1952 würden wir anfangen.

Endlich war der Tag der Abreise gekommen. Ich packte meinen Koffer und sang fröhlich und wie immer völlig falsch vor mich hin. Dabei hatte ich gar nicht bemerkt, daß Vater ins Zimmer gekommen war. „Du bist ja richtig gut gelaunt," begann er etwas unsicher. „Ich möchte dir noch ein paar gutgemeinte Worte mit auf den Weg geben. Ein junges Mädchen muß auf sich aufpassen." Ich hörte gar nicht mehr zu. Das fehlte mir gerade noch. Wie oft hatte ich mir in den vergangenen Jahren gewünscht, daß Vater sich mehr um mich kümmern sollte. Aber er war viel zu sehr mit seinem eigenen Neuanfang beschäftigt, da gab es keinen Platz für mich. Wieder hatte ich diesen bitteren Geschmack im Mund, den ich nun endlich nicht mehr spüren wollte. Jetzt brauchte er sich nicht um mich zu sorgen, ich wußte was ich wollte. Schließlich wurde ich bald zwanzig Jahre alt und war erwachsen. Für mich sollte das Leben jetzt erst richtig beginnen!